LA FELICIDAD CABE
EN UNA TAZA DE CAFÉ

TOSHIKAZU KAWAGUCHI

LA FELICIDAD CABE EN UNA TAZA DE CAFÉ

Traducción de
Ana Isabel Sánchez Díez

Título original: この嘘がばれないうちに (*KONO USO GA BARENAI UCHI NI*)
Primera edición: enero de 2023

© 2017, Toshikazu Kawaguchi
Derechos de traducción cedidos por Sunmark Publishing, Inc. a través de InterRights, Inc.,
Tokio, Japón y Gudovitz & Company Literary Agency, Nueva York, EE. UU. en cooperación con Yañez,
parte de International Editors' Co. S.L. Literary Agency.
© 2023, Penguin Random House Grupo Editorial, S. A. U.
Travessera de Gràcia, 47-49. 08021 Barcelona
© 2023, Ana Isabel Sánchez Díez, por la traducción

Printed in Spain – Impreso en España

ISBN: 978-84-01-03017-8
Depósito legal: B-20306-2022

Compuesto en Comptex & Ass., S. L.

Impreso en Limpergraf, S.L.
Barberà del Vallès (Barcelona)

L030178

Si pudieras volver atrás, ¿a quién visitarías?

Mapa de las relaciones de los personajes

La mujer del vestido

Fantasma que ocupa el asiento que te devuelve al pasado. Se levanta para ir al baño una vez al día. Por lo general, se dedica a leer su novela tranquilamente, pero maldice a cualquiera que la moleste.

Kiyoshi Manda

Inspector que trabaja en la comisaría de Kanda. Le compró un regalo de cumpleaños a su mujer, pero nunca llegó a dárselo.

Kimiko Manda

Esposa de Kiyoshi Manda. Se vio involucrada en un atraco y, sin comerlo ni beberlo, acabó asesinada.

?

Kinuyo Mita

Hace seis meses la hospitalizaron por cáncer. No se lo contó a Yukio, no quería preocuparlo, pero su estado empeoró de repente y murió.

Nagare Tokita

Primo de Kazu Tokita y dueño de la cafetería. Es un hombre gigantesco, mide casi dos metros.

Kei Tokita

Esposa de Nagare y madre de Miki. Hace seis años, murió al dar a luz a su hija debido a que tenía el corazón débil.

devuelto al pasado

Miki Tokita

Hija de Nagare Tokita y Kei Tokita. Va a primero de primaria.

Yukio Mita

Hijo de Kinuyo Mita. Es alumno de un famoso ceramista de Kioto.

devuelto al pasado

Kazu Tokita

Camarera de la cafetería Funikuri Funikura. Sirve el café durante la ceremonia que devuelve a la gente al pasado.

devuelto

al pasado

Gohtaro Chiba

Dirige un restaurante que sirve platos japoneses preparados. Crio a la hija de Shuichi Kamiya después de que este muriera hace veintidós años.

llegó del pasado

compañeros

Katsuki Kurata

Hace tres años se puso enfermo. Le dieron solo seis meses de vida y después murió.

devuelto
al pasado

Fumiko Kiyokawa

Una mujer tan guapa como cualquier famosa. Hace siete años, retrocedió en el tiempo para visitar al novio que había roto con ella en esta cafetería.

Shuichi Kamiya

Amigo de la universidad de Gohtaro Chiba. Murió hace veintidós años, así que su hija se quedó huérfana.

Asami Mori

Amante y compañera de trabajo de Katsuki Kurata. Es subordinada de Fumiko en el trabajo.

Índice

1

Mejores amigos

Gohtaro Chiba llevaba veintidós años mintiendo a su hija.

El novelista Fiódor Dostoyevski escribió una vez: «Lo más difícil de la vida es vivir y no mentir».

Las personas mienten por distintos motivos. Algunas mentiras se dicen para presentarte de una forma más interesante o favorable; otras, para engañar a la gente. Las mentiras pueden hacer daño, pero también pueden salvarte el pellejo. No obstante, con independencia del motivo por el que se digan, la mayoría de las veces llevan al arrepentimiento.

Ese era el tipo de aprieto en el que se encontraba Gohtaro. La mentira que había dicho lo atormentaba. Mientras murmuraba para sí cosas como «Nunca fue mi intención mentir al respecto», caminaba de un lado a otro delante de la cafetería que les ofrecía a sus clientes la posibilidad de viajar al pasado.

El establecimiento estaba a pocos minutos a pie de la parada de metro de Jimbocho, en el centro de Tokio. Situada en una callejuela estrecha en una zona donde casi todo eran edificios de oficinas, exhibía un pequeño cartel con su nombre, «Funikuri Funikura». La cafetería se encontraba en un sótano, por lo que, sin el cartel, la gente habría pasado de largo sin fijarse en ella.

Tras bajar las escaleras, Gohtaro llegó a una puerta decorada con tallas. Sin dejar de murmurar, negó con la cabeza, dio media vuelta y empezó a subir de nuevo. Pero de pronto se detuvo, con una expresión pensativa en el rostro. Se pasó un rato yendo de un lado a otro, subiendo y bajando los peldaños.

—¿Por qué no sigue rumiándolo dentro? —dijo de repente una voz.

Al volverse, sorprendido, Gohtaro vio a una mujer menuda plantada ante él. Llevaba una camisa blanca debajo de un chaleco negro y un delantal de sumiller. Se dio cuenta enseguida de que era la camarera de la cafetería.

—Ah, sí, bueno...

Mientras Gohtaro comenzaba a lidiar con su respuesta, la mujer pasó a su lado y bajó las escaleras a toda prisa.

¡Tolón, tolón!

El sonido del cencerro quedó suspendido en el aire cuando ella entró en la cafetería. No podía decirse que lo hubiera presionado, pero Gohtaro descendió una vez más. Sintió que una calma extraña lo recorría de arriba abajo, como si el contenido de su corazón hubiera salido a la luz.

Llevaba todo ese rato caminando de un lado a otro porque no tenía forma de asegurarse de que esa cafetería era en verdad la cafetería «donde se podía viajar al pasado». Había llegado hasta allí creyéndose la historia, pero, si el rumor que su viejo amigo le había contado era una invención, no tardaría en convertirse en un cliente absolutamente avergonzado.

Si lo de viajar al pasado era real, tenía entendido que había que seguir unas cuantas reglas bastante engorrosas. Una de ellas era que nada de lo que hicieras en el pasado cambiaría el presente, por mucho que te esforzases.

Cuando Gohtaro oyó esa regla por primera vez, se dijo: «Si no se puede cambiar nada, ¿por qué quiere volver la gente?».

Sin embargo, allí estaba, en la puerta de la cafetería, pensando: «Aun así, quiero volver».

¿Acaso la camarera acababa de leerle la mente? Sin duda, en una situación así sería más normal que le hubiera dicho: «¿Le apetece entrar? Adelante, por favor».

Pero le había dicho: «¿Por qué no sigue rumiándolo dentro?».

A lo mejor eso significaba: sí, puede volver al pasado, pero ¿por qué no entra primero y luego ya decide si va o no?

El mayor misterio era cómo era posible que la mujer supiera por qué había ido hasta allí. Fuera como fuese, sintió un destello de esperanza. El breve comentario de la camarera fue el detonante para que se decidiese. Estiró la mano, giró el pomo y abrió la puerta.

¡Tolón, tolón!

Entró en la cafetería donde, en teoría, se podía viajar al pasado.

Gohtaro Chiba, de cincuenta y un años, era de complexión robusta, lo cual quizá guardara cierta relación con su pertenencia al equipo de rugby tanto en el instituto como en la universidad. Todavía hoy llevaba un traje de la talla XXL.

Vivía con su hija Haruka, que este año cumpliría los veintitrés. La había criado solo, con las dificultades que supone ser padre soltero. Ella había crecido oyendo: «Tu madre murió de una enfermedad cuando eras pequeña». Gohtaro regentaba el Kamiya Diner, un modesto restaurante en la ciudad de Hachiōji, en el área metropolitana de Tokio. Servía platos con arroz, sopa y guarniciones y su hija le echaba una mano.

Después de entrar en la cafetería por una puerta de madera de dos metros de altura, todavía tuvo que recorrer un pasillo pequeño. Justo enfrente estaba el baño; en el centro de la pared de la derecha se encontraba la entrada a la cafetería. Cuando accedió al establecimiento propiamente dicho, vio a una mujer sentada en uno de los asientos de la barra. Al instante, la desconocida gritó:

—¡Kazu..., cliente!

Sentado a su lado había un niño que aún debía de ir a primaria. La mesa del fondo estaba ocupada por una mujer con un vestido blanco de manga corta. Tenía la tez pálida y mostraba una total falta de interés por el mundo que la rodeaba; estaba leyendo un libro, tan tranquila.

—La camarera acaba de volver de hacer la compra, así que ¿por qué no te sientas? Saldrá enseguida.

Estaba claro que a la mujer de la barra le importaban poco las formalidades con los desconocidos, pues se dirigió a Gohtaro de manera despreocupada, como si su cara le sonara de algo. Daba la sensación de ser

18

una habitual de la cafetería. En lugar de responderle, él se limitó a darle las gracias con una ligera reverencia. Tuvo la impresión de que ella lo miraba con una expresión que decía: «Puedes preguntarme lo que quieras sobre este sitio». Pero él decidió fingir que no se había dado cuenta y se sentó a la mesa más cercana a la entrada. Miró a su alrededor. Había enormes relojes de pared antiguos que iban desde el suelo hasta el techo. Un ventilador que giraba despacio colgaba del punto en el que se cruzaban dos vigas de madera silvestre. Las paredes de yeso eran de un tenue color bronceado, muy parecido al de la *kinako*, la harina de soja tostada, y una brumosa pátina de antigüedad —la cafetería parecía muy antigua— se extendía sobre todas las superficies. El sótano sin ventanas, iluminado solo por las lámparas con pantalla que colgaban del techo, era bastante oscuro. Toda la iluminación estaba claramente teñida de un tono sepia.

—¡Hola, bienvenido!

La mujer que le había hablado en las escaleras salió del cuarto trasero y le puso un vaso de agua delante.

Se llamaba Kazu Tokita. Llevaba la media melena recogida en la nuca y, sobre la camisa blanca con pajarita negra, lucía un chaleco negro y un delantal de sumiller. Kazu era la camarera de Funikuri Funikura. Tenía una cara bonita, con los ojos finos y almendrados, pero ningún rasgo llamativo que dejara huella. Si después de conocerla uno cerrara los ojos e intentase recordar lo que ha visto, no le vendría nada a la mente. Era una de esas personas a las que les resultaba fácil camuflarse entre la multitud. Este año cumpliría los veintinueve.

—Eh..., hum... ¿Es este el sitio... que..., eh...?

Gohtaro estaba absolutamente perdido en cuanto a cómo abordar el tema de volver al pasado. Kazu lo observó con calma mientras él se azoraba. Luego se volvió hacia la cocina y preguntó:

—¿A cuándo quiere volver?

El sonido del café gorgoteando en el sifón les llegó desde la cocina.

«Esta camarera tiene que saber leer la mente...».

El leve aroma a café que empezaba a flotar en el ambiente le refrescó a Gohtaro la memoria de aquel día.

Fue justo delante de esta cafetería donde Gohtaro se encontró con Shuichi Kamiya después de siete años sin verse. Los dos habían sido compañeros del equipo de rugby en la universidad.

En aquel momento, Gohtaro no tenía ni casa ni dinero, pues se había visto obligado a entregar todos sus bienes; había sido el cofirmante de un préstamo para la empresa de un amigo que al final había quebrado. Llevaba la ropa sucia y apestaba.

Sin embargo, en lugar de sentir asco por su aspecto, Shuichi pareció alegrarse sinceramente de verlo de nuevo. Invitó a Gohtaro a entrar en la cafetería y, tras enterarse de lo sucedido, le propuso:

—Vente a trabajar a mi restaurante.

Después de graduarse, una empresa de la liga corporativa de Osaka había fichado a Shuichi por su talento para el rugby, pero no había llegado a jugar ni un año antes de que una lesión truncara su carrera. Entonces se incorporó a una compañía que dirigía una cadena de restaurantes.

Shuichi, como el eterno optimista que era, vio este revés como una oportunidad y, trabajando el doble o el triple que los demás, ascendió hasta convertirse en director de zona y tener a su cargo siete establecimientos. Cuando se casó, decidió emprender por su cuenta. Montó un pequeño restaurante japonés en el que trabajar con su mujer. Ahora, le dijo a Gohtaro, el negocio daba bastante trabajo y no les iría nada mal contar con una ayuda extra.

—Si aceptaras mi oferta, estarías ayudándome a mí también.

Hundido por la pobreza y despojado de toda esperanza, Gohtaro rompió a llorar de gratitud. Asintió con la cabeza.

—¡De acuerdo! Iré.

La silla chirrió cuando Shuichi se levantó de golpe. Sonriendo con alegría, añadió:

—¡Ah, y espera a conocer a mi hija!

Gohtaro aún no estaba casado y se sorprendió un poco al saber que Shuichi tenía una niña.

—¿Tienes una hija? —respondió con los ojos abiertos como platos.

—¡Sí! Acaba de nacer. Es tan... ¡guapa!

Shuichi parecía satisfecho con la respuesta de Gohtaro. Cogió la cuenta y se acercó a la caja.

—Perdona, ¿me cobras?

De pie junto a la caja registradora había un chico que aún debía de ir al instituto. Era muy alto, rozaba los dos metros de altura, y tenía unos ojos finos, almendrados y distantes.

—Son setecientos sesenta yenes.

—Cóbrate de aquí, por favor.

Gohtaro y Shuichi eran jugadores de rugby y más corpulentos que la mayoría, pero ambos levantaron la vista hacia el joven, se miraron entre sí y se echaron a reír, seguro que porque estaban pensando lo mismo: «Este chaval está hecho para el rugby».

—Aquí tiene el cambio.

Shuichi lo cogió y se encaminó hacia la salida.

Antes de quedarse sin casa, Gohtaro gozaba de una posición bastante acomodada gracias a que había heredado la empresa de su padre, que tenía unos beneficios de más de cien millones de yenes al año. Gohtaro era un tipo honesto, pero el dinero cambia a la gente. Lo ponía de buen humor y empezó a despilfarrarlo. Hubo una época de su vida en la que pensaba que, si eras rico, podías hacer todo lo que quisieras. Pero la empresa de su amigo, a la que había servido como avalista, quebró y, después de recibir el impacto de aquella enorme deuda, la empresa del propio Gohtaro también se hundió. En cuanto perdió su posición, todos los que lo rodeaban empezaron a tratarlo como a un paria. Él siempre había creído que sus allegados eran sus amigos, pero lo abandonaron, y uno de ellos incluso le dijo directamente a la cara: «¿De qué vales sin dinero?».

Pero Shuichi era distinto; él trataba a Gohtaro, que lo había perdido todo, como a una persona importante. La gente que está dispuesta a ayudar a alguien que lo está pasando mal, sin esperar nada a cambio, escasea muchísimo. Pero Shuichi Kamiya era una de esas personas. Mientras seguía a su amigo hacia el exterior de la cafetería, Gohtaro se hizo un propósito firme: «¡Le devolveré este favor!».

¡Tolón, tolón!

—Eso fue hace veintidós años.

Gohtaro Chiba cogió el vaso que tenía delante. Tras refrescarse la garganta reseca, suspiró. Aparentaba menos de cincuenta y un años, pero, aquí y allá, habían empezado a salirle algunas canas.

—Y entonces empecé a trabajar para Shuichi. Agaché la cabeza e intenté aprender el oficio lo más rápido que pude. Sin embargo, un año más tarde, hubo un accidente de tráfico. Shuichi y su mujer...

Había ocurrido hacía más de veinte años, pero la conmoción que le había provocado jamás lo había abandonado. Se le enrojecieron los ojos y empezó a atragantarse con sus palabras.

¡Sluuup!

El niño sentado a la barra empezó a sorber ruidosamente las últimas gotas de su zumo de naranja con la pajita.

—¿Y qué pasó entonces? —preguntó Kazu en tono neutro, sin parar de trabajar.

Nunca cambiaba la cadencia de su voz, por muy seria que fuera la conversación. Esa era su actitud; su forma de mantenerse a cierta distancia de la gente, tal vez.

—La hija de Shuichi sobrevivió y decidí criarla yo.

Gohtaro habló con la mirada baja, como si mascullara para sí. Luego se puso en pie despacio.

—Te lo ruego —añadió—. Por favor, déjame volver a ese día de hace veintidós años.

Hizo una reverencia larga y profunda: colocó las caderas casi en ángulo recto y agachó aún más la cabeza.

Estaba en Funikuri Funikura, la cafetería que, haría unos diez años, se había convertido en el centro de una leyenda urbana por ser el sitio desde el que se podía volver al pasado. Las leyendas urbanas son inventadas, pero se decía que era cierto que allí se podía viajar en el tiempo.

Se cuentan todo tipo de historias sobre ella, todavía hoy, como la de la mujer que volvió para ver al novio del que se había separado o la de otra que regresó para visitar a su hermana pequeña, que había muerto en un accidente de tráfico, y la de la esposa que viajó para ver a su marido, que había perdido la memoria.

Sin embargo, para volver al pasado había que obedecer unas cuantas reglas muy frustrantes.

La primera: las únicas personas con las que puedes reunirte mientras estás en el pasado son aquellas que también han visitado la cafetería. Si la persona a la que quieres ver no ha estado allí en su vida, puedes volver al pasado, pero no la verás. En otras palabras, si llegaran visitantes desde todos los rincones de Japón, el viaje resultaría inútil para casi todos ellos.

La segunda regla: nada de lo que hagas mientras estés en el pasado cambiará el presente. Enterarse de esta regla supone una verdadera decepción para la mayoría de la gente, que, por lo general, se marcha desencantada. Esto se debe a que casi todos los clientes que quieren volver desean reparar acciones pasadas. Muy pocos siguen queriendo viajar al pasado una vez que se dan cuenta de que no pueden cambiar la realidad.

La tercera regla: solo un asiento permite retroceder en el tiempo. Pero hay otra clienta sentada en él. El único momento en el que puedes ocuparlo es cuando ella va al baño, cosa que hace siempre una vez al día, pero nadie es capaz de predecir en qué instante lo hará.

La cuarta regla: mientras estás en el pasado, no puedes moverte del asiento. Si te levantas, te arrastrarán de vuelta al presente por la fuerza. Esto significa que, si estás en el pasado, no hay manera de salir de la cafetería.

La quinta regla: tu estancia en el pasado comienza cuando se sirve el café y debe terminar antes de que este se enfríe. Además, no puede servírtelo cualquiera; tiene que hacerlo Kazu Tokita.

A pesar de estas reglas tan frustrantes, había clientes que oían la leyenda y acudían a la cafetería pidiendo retroceder en el tiempo.

Gohtaro era uno de ellos.

—Supongamos que al final viajas al pasado, ¿qué piensas hacer? —le preguntó la mujer que le había dicho que se sentara al entrar. Se llamaba Kyoko Kijima. Era esposa y madre a tiempo completo y clienta habitual de la cafetería. Había sido pura coincidencia que se encontrara allí, pero miraba a Gohtaro con una curiosidad intensa; a lo mejor era el primer cliente que quería volver al pasado al que conocía—. Perdona que te lo pregunte, pero ¿qué edad tienes?

—Cincuenta y uno.

Gohtaro pareció tomarse la pregunta como una crítica, como si en realidad Kyoko le hubiera dicho algo así: «¿Qué hace un hombre de tu edad parloteando sin parar sobre volver al pasado?». Se encorvó sobre la mesa y bajó la mirada hacia sus manos entrelazadas.

—Perdona, pero ¿no crees que sería un poco raro? Shuichi, o como se llame, está totalmente desprevenido y, de pronto, se encuentra cara a cara con una versión tuya veintidós años mayor.

Gohtaro no levantó la cabeza.

Kyoko continuó:

—¿No crees que sería un poco extraño?

La mujer miró por encima de la barra a Kazu en busca de apoyo.

—Bueno, puede ser —respondió Kazu en un tono que dejaba entrever que no estaba del todo de acuerdo.

—Oye, mamá, ¿no se te va a enfriar el café? —murmuró el niño, que empezaba a inquietarse ahora que su vaso de zumo de naranja estaba vacío.

Se llamaba Yohsuke Kijima. Era hijo de Kyoko y en primavera empezaría cuarto de primaria. Tenía el pelo bastante largo y despeinado y la cara quemada por el sol; llevaba una camiseta deportiva que rezaba MEITOKU FC y que tenía el número 9 impreso en la espalda. Era un fanático del fútbol.

Se refería al café para llevar que había sobre la barra, metido en una bolsa de papel, junto a Kyoko.

—Ah, no importa. De todas formas, a la abuela no le gustan nada las bebidas calientes —contestó ella mientras acercaba la cara al oído de Yohsuke y le susurraba—: Aguanta solo un ratito más y nos vamos, ¿vale?

Después, miró de nuevo a Gohtaro, a la espera de algún tipo de respuesta.

El hombre se había enderezado de nuevo en su asiento, parecía haber recuperado la compostura.

—Sí, supongo que se llevaría un buen susto —reconoció.

—Ajá —respondió Kyoko, que asintió con un gesto deliberado.

Mientras escuchaba este intercambio, Kazu le pasó a Yohsuke otro zumo de naranja. El muchacho lo aceptó en silencio, con una breve reverencia para darle las gracias.

—Si es cierto lo de que se puede retroceder en el tiempo, hay una cosa que tengo muchas ganas de decirle a Shuichi.

Aunque había sido Kyoko quien le había hecho la pregunta, Gohtaro había respondido mirando a Kazu. Sus palabras no tuvieron ningún efecto sobre la expresión de la camarera.

Con el mismo aspecto indiferente de siempre, Kazu salió de detrás de la barra y se plantó delante de él.

De vez en cuando, algún cliente como Gohtaro acudía a la cafetería tras oír el rumor de que allí se podía viajar al pasado, y la forma en que Kazu reaccionaba ante todos ellos no cambiaba jamás.

—¿Conoce las reglas? —preguntó sin más rodeos; había clientes que se presentaban en la cafetería sin tener ni la menor idea de en qué consistían.

—Más o menos... —contestó Gohtaro, titubeante.

—¿Más o menos? —gritó Kyoko.

De todas las personas que había en la cafetería en ese preciso instante, ella era la única que parecía emocionada. Kazu la miró sin hacer ningún comentario y luego se volvió de nuevo hacia Gohtaro y clavó la mirada en él. «Responde a la pregunta».

Gohtaro se encogió de hombros, como disculpándose.

—Te sientas en una silla, alguien te prepara un café y vuelves al pasado... No me han contado nada más —contestó con torpeza.

El nerviosismo debía de haberle dejado la boca seca, porque cogió el vaso de agua que tenía delante.

—Eso es un poco simplista... ¿Quién te ha dicho esas cosas? —le preguntó Kyoko.

—Shuichi.

—Si te lo ha dicho Shuichi..., eh, ¿quieres decir que te lo contaron hace veintidós años?

—Sí, la primera vez que vinimos a esta cafetería, me lo contó él. Debía de conocer la leyenda.

—Entiendo...

—Así que, aunque una versión mucho más vieja de mí se le apareciera de repente, quitando el susto, creo que a Shuichi no le pasaría nada —dijo para retomar la pregunta de Kyoko.

—¿Qué opinas, Kazu?

Kyoko habló como si el derecho a decidir sobre el regreso al pasado les correspondiera solo a Kazu y a ella. Pero la camarera no hizo ningún comentario al respecto. Se limitó a hablar con frialdad y severidad:

—Aunque vuelva al pasado, la realidad no cambiará, lo sabe, ¿no?

Lo que en verdad quería decir: «¡Ya sabe que no puede impedir que su amigo muera!».

Muchísimos clientes llegaban a la cafetería con la esperanza de volver y evitar que alguien muriera. Kazu les explicaba esta regla cada vez que ocurría.

No es que fuera inmune al dolor que la gente experimentaba al perder a un ser querido. Simplemente no había forma de saltarse esta norma: daba igual quién fueras o el motivo que tuvieses.

Tras escuchar las palabras de Kazu, Gohtaro no mostró ningún signo de agitación.

—Soy consciente de ello —contestó con voz suave y serena.

¡Tolón, tolón!

Sonó el cencerro. Era una niña. Cuando Kazu la vio, en lugar de decir: «Hola, bienvenida», exclamó:

—¡Bienvenida a casa!

La niña se llamaba Miki Tokita y era la hija del dueño de la cafetería, Nagare Tokita. Lucía con orgullo un *randoseru*, la mochila de color rojo vivo que se llevaba al colegio en la etapa de primaria.

—*¡Moi* ha vuelto, queridos! —anunció Miki con una voz que resonó con fuerza por toda la cafetería.

—¡Hola, Miki, cariño! ¿De dónde has sacado ese maravilloso *randoseru*? —le preguntó Kyoko.

—¡Me lo ha comprado a *moi*! —contestó Miki con una amplia sonrisa y señalando a Kazu.

—¡Guau! ¡Es precioso! —lo alabó Kyoko.

La mujer miró a Kazu.

—¿El colegio no empieza mañana? —le preguntó en un susurro.

No pretendía criticar el comportamiento de Miki ni burlarse de ella. De hecho, que a la niña le hiciera tanta ilusión que le hubiesen regalado un *randoseru* nuevo como para que se hubiera dedicado a desfilar por todo el barrio con él a la espalda la hizo sonreír de de manera sincera.

—Sí, mañana —confirmó Kazu, que también contenía el inicio de una sonrisa en la comisura de los labios.

—¿Cómo está madame Kinuyo? ¿Está bien? —preguntó Miki, que continuó con la conversación a un volumen tan alto que su voz retumbó en toda la cafetería.

—¡La señora Kinuyo está bien! Hoy hemos vuelto a la cafetería para llevarle otro café y otro sándwich de los que hace tu padre —contestó Kyoko mientras levantaba la bolsa de papel con comida para llevar que tenía al lado.

Sentado en el taburete contiguo, Yohsuke se mantuvo de espaldas a Miki y siguió dándole sorbos lentos a su segundo vaso de zumo.

—¿No se ha cansado ya la señora Kinuyo de comer los sándwiches de mi padre? Solo come eso, ¡y todos los días!

—La señora Kinuyo dice que le encantan los sándwiches y el café de tu padre.

—No sé por qué. Los sándwiches no están tan ricos —repuso Miki, todavía en voz muy alta.

Al oír la conversación, una figura imponente salió de la cocina.

—¡Oye, oye! ¿Quién has dicho que hace unos sándwiches asquerosos?

Era Nagare, dueño de la cafetería y padre de Miki. La madre, Kei, ya no estaba con ellos. Tenía el corazón débil y falleció después de dar a luz a la niña hacía seis años.

—¡Uy! Bueno, queridos, creo que *moi* se marcha ya —dijo Miki en su tono afectado.

Le dedicó una reverencia a Kyoko y salió corriendo hacia el cuarto trasero.

—¿*Moi...*?

Kyoko miró a Nagare como preguntándole: «¿De dónde ha sacado eso?».

Nagare se encogió de hombros.

—Ni idea.

Yohsuke miró de reojo a Kyoko y Nagare y empezó a darle golpecitos en el brazo a su madre.

—¿Podemos irnos ya? —preguntó como si estuviera harto de esperar.

—Sí, estábamos a punto de irnos, ¿verdad? —contestó Kyoko, que estuvo de acuerdo en que debían ponerse en marcha y se levantó del taburete de la barra—. Ya es hora de que *moi* también se vaya, queridos —continuó Kyoko, imitando a Miki.

Le dio la bolsa de papel a Yohsuke y, sin mirar la cuenta, dejó el dinero del sándwich, del café y de la bebida de su hijo encima de la barra, incluido el segundo zumo que le había servido Kazu.

—El segundo va por cuenta de la casa —dijo la camarera mientras cogía el dinero de la barra menos el precio del segundo zumo de naranja; después empezó a pulsar las teclas de la caja registradora con estruendo.

—No, no. Te lo pago.

—No se paga lo que no se pide. Se lo he regalado yo.

Kyoko no quería volver a coger el dinero que quedaba en la barra, pero Kazu ya había metido el resto en la caja y le entregó un recibo a Kyoko.

—Uy... Vale.

No se sentía cómoda dejando la bebida sin pagar, pero sabía que Kazu no iba a aceptar el dinero de ninguna de las maneras.

—Bueno, si tú lo dices... —comentó mientras lo recogía de encima de la barra—. Gracias.

Se guardó el dinero de nuevo en el bolso.

—Dale recuerdos de mi parte a la senséi Kinuyo —dijo Kazu al mismo tiempo que le dedicaba una reverencia cortés a Kyoko.

Kinuyo era la maestra de pintura de Kazu desde que esta tenía siete años. Era ella quien la había animado a estudiar para entrar en la facultad de Bellas Artes. Tras licenciarse, Kazu había empezado a trabajar a media jornada en la escuela de pintura de Kinuyo. Ahora que la mujer estaba ingresada, ella impartía todas las clases.

Sé que también tienes mucho lío aquí, así que muchas gracias por volver a dar las clases de pintura esta semana.

—No hay de qué, tranquila —respondió Kazu.

—Gracias por el zumo de naranja —dijo Yohsuke, que hizo una reverencia con la cabeza en dirección a Kazu y Nagare, ambos de pie detrás de la barra.

El muchacho salió primero de la cafetería.

¡Tolón, tolón!

—Bueno, me voy.

Kyoko les dijo adiós con la mano y siguió a Yohsuke hacia el otro lado de la puerta.

¡Tolón, tolón!

Cuando los dos abandonaron la cafetería, el ambiente animado se fue con ellos y la sala se quedó en silencio. Allí nunca ponían música de fondo, lo cual significaba que, cuando nadie hablaba, oías a la mujer del vestido blanco pasar las páginas de su novela.

—¿Cómo han dicho que se encuentra Kinuyo? —le preguntó Nagare a Kazu mientras le sacaba brillo a un vaso; el tono de voz que empleó no fue distinto al que habría usado si estuviera hablando solo.

Kazu asintió despacio una sola vez, pero no respondió a su pregunta.

—Entiendo —dijo Nagare en voz baja, y luego desapareció en el cuarto trasero.

En la cafetería quedaron Gohtaro, Kazu y la mujer del vestido blanco.

La camarera estaba detrás de la barra, limpiando, como de costumbre.

—Si le parece bien, ahora me gustaría que me diera más detalles.

Kazu estaba preparada para escuchar la razón por la que Gohtaro quería volver al pasado.

Él levantó la mirada hacia ella un instante y después la desvió de inmediato. Respiró hondo y despacio.

—La verdad... —comenzó a decir, y eso dio a entender que quizá antes se había guardado a propósito sus razones.

Tal vez porque Kyoko no era más que una simple espectadora y el tema no era de su incumbencia.

Pero ahora, aparte de la mujer del vestido blanco, solo quedaban Gohtaro y Kazu. Comenzó a explicarse con indecisión:

—Se casa mi hija.

—¿Se casa?

—Sí, aunque... en realidad es hija de Shuichi —murmuró—. Quiero mostrarle quién era su verdadero padre. —Se sacó una cámara digital muy delgada del bolsillo del traje—. Había pensado que si pudiera grabarle un mensaje de Shuichi...

Su voz sonaba solitaria y pequeña.

Kazu lo observó en ese estado.

—¿Qué pasa después? —preguntó casi en un susurro.

Quería saber qué ocurriría una vez que Gohtaro le revelara que no era su verdadero padre.

Él sintió que el corazón le daba un vuelco.

«Esta camarera no se deja engañar por las mentiras».

Habló con la mirada perdida, como si se hubiera preparado la respuesta.

—Solo soy capaz de verlo como el final de mi papel —respondió con una resignación tranquila.

Gohtaro y Shuichi jugaron en el mismo equipo de rugby durante sus años universitarios, pero en realidad se conocían desde que habían empezado a entrenar a ese deporte en la etapa de primaria. Estaban en equipos distintos, pero de vez en cuando coincidían en algún partido. Eso no quiere decir que se fijaran el uno en el otro al principio. Durante la secundaria y el bachillerato, cada uno jugaba para su respectivo instituto, se enfrentaban en equipos rivales en los partidos oficiales y, como resultado, poco a poco fueron dándose cuenta de la existencia del otro.

Por casualidad, entraron en la misma universidad y se convirtieron en compañeros de equipo. Gohtaro era zaguero, mientras que Shuichi era medio apertura.

Este, identificado por el número 10 que lleva a la espalda, es el jugador estrella del rugby. Es como el cuarto jugador en el orden de bateo o el lanzador en el béisbol, o como el delantero en el fútbol. Shuichi era un medio apertura increíble y se ganó el apodo de Shuichi el Adivino, porque sus jugadas durante los partidos eran como milagros; los jugadores incluso comentaban que parecía que veía el futuro.

Un equipo de rugby tiene quince jugadores y hay diez posiciones. Shuichi tomaba nota de los puntos fuertes y débiles de los demás compañeros y tenía el don de saber cómo utilizar o explotar a cualquier jugador en cualquier posición. Esto le valió la confianza más absoluta de los veteranos del club de rugby de la universidad, que no tardaron en empezar a verlo como un buen candidato a capitán del equipo.

Gohtaro, por su parte, había probado varias posiciones desde que había empezado a jugar al rugby durante la primaria. No era una de esas personas a las que les resulta fácil negarse a las peticiones de los demás, así que muchas veces hacía de sustituto cuando al equipo le faltaba algún jugador. Fue Shuichi quien terminó decidiendo que el de zaguero era el mejor puesto para el versátil Gohtaro. Esta figura era el último bastión de la defensa y, por tanto, muy importante. Si cualquiera de los rivales rompía la línea defensiva de su equipo, el trabajo del zaguero consistía en detenerlo con un placaje eficaz y evitar que marcara un ensayo. Shuichi quería a Gohtaro en esa posición por su gran capacidad de placaje. Cuando había jugado contra él en los partidos oficiales del instituto, nunca había conseguido superarlo. Si el equipo contaba con esa formidable capacidad de placaje de Gohtaro, no habría nada de que preocuparse. Era la defensa de acero de Gohtaro lo que posibilitaba las atrevidas jugadas ofensivas de Shuichi.

«Cuando te dejo a ti la defensa, sé que tengo a alguien en quien puedo confiar», le decía a menudo Shuichi antes de los partidos.

Luego, siete años después de acabar la universidad, ambos se encontraron de nuevo por casualidad.

Tras salir de la cafetería, se dirigieron al apartamento de Shuichi. Allí los recibieron Yoko y su hija recién nacida, Haruka. El anfitrión debía de haberse puesto en contacto con Yoko por el camino, porque esta le había preparado un baño a Gohtaro.

Yoko lo saludó —aunque seguía sin lavarse y apestando— con una sonrisa cálida.

—¿O sea que tú eres Gohtaro el Zaguero? Shuichi me ha hablado de ti innumerables veces.

Yoko, nacida en Osaka, era aún más hospitalaria que Shuichi. Por lo general se pasaba el día charlando y disfrutaba haciendo reír a la gente con sus bromas. También tenía una mente rápida y proactiva. En menos de un día le había encontrado a Gohtaro un lugar donde vivir y ropa para vestirse.

Después de perder su empresa, este había perdido también la capacidad de confiar en la gente, pero, solo dos meses después de empezar a tra-

36

bajar en el restaurante de Shuichi, volvió a ser la misma persona radiante y alegre de siempre.

Cuando el local se llenaba de clientes habituales, Yoko hablaba muy bien de Gohtaro:

—Cuando estaban en la universidad, era el jugador en el que más confiaba mi marido.

Aunque a él le daba vergüenza, también le dibujaba una sonrisa en la cara.

—Mi siguiente tarea es ganarme esa misma reputación trabajando aquí —añadió una vez, dejando así traslucir su nueva y brillante perspectiva de futuro.

Todo parecía ir bien.

Una tarde, Yoko se quejó de un lacerante dolor de cabeza, y decidieron que Shuichi la llevaría al hospital. No querían cerrar el restaurante, así que Gohtaro se quedó y se hizo también cargo de Haruka. Ese día, los pétalos de los cerezos en flor se esparcían por el cielo azul despejado, en silencio, como una ráfaga de nieve.

—Cuida de Haruka por mí —dijo Shuichi, y le dio las gracias con un gesto de la mano mientras salía a toda prisa.

Esa fue la última vez que Gohtaro lo vio.

Los padres y los abuelos tanto de Shuichi como de Yoko habían fallecido, así que, a la edad de un año, Haruka se quedó sola en este mundo.

Cuando, durante el funeral de Shuichi, Gohtaro miró la cara sonriente de la niña —era demasiado pequeña para comprender que sus padres habían muerto—, decidió allí mismo que sería él quien la criaría.

Dong, dong, dong...

Un reloj de pared dio ocho campanadas.

Sobresaltado por el ruido, Gohtaro levantó la mirada. Le pesaban los párpados y tenía la vista borrosa.

—¿Dónde...?

Al mirar a su alrededor, vio el interior de la cafetería, que las lámparas con pantalla impregnaban de un tono sepia. Un ventilador que colgaba del techo giraba despacio. Las columnas y las vigas eran de un tono marrón intenso. Había tres grandes relojes de pared, sin duda muy antiguos.

Tardó un rato en llegar a la conclusión de que se había quedado dormido. Estaba solo en la cafetería, salvo por la mujer del vestido.

Se dio unos golpecitos en las mejillas con las manos para desenmarañarse la memoria. Recordó que Kazu le había dicho: «No sabemos cuándo se quedará vacía la silla que se usa para volver al pasado». Después debía de haberse quedado traspuesto.

Le resultaba extraño haberse dormido así justo cuando acababa de tomar una decisión tan trascendental como la de volver al pasado. Y tampoco podía evitar tener dudas respecto a la camarera que lo había dejado solo en ese estado.

Gohtaro se levantó y habló dirigiéndose al cuarto trasero:

—Hola..., ¿hay alguien ahí?

Pero no obtuvo respuesta.

Se volvió hacia uno de los relojes de pared para ver la hora y acto seguido consultó su reloj de pulsera. Los relojes antiguos de la cafetería eran la primera cosa extraña en la que uno se fijaba al visitarla. Cada uno marcaba una hora distinta.

Al parecer, los que había en los extremos de la sala estaban estropeados. Uno de ellos era rápido y el otro, lento. Se habían hecho múltiples intentos de arreglarlos, sin éxito.

—Las 20.12...

Gohtaro miró el asiento que ocupaba la mujer del vestido blanco.

Entre las historias sobre esta cafetería que Shuichi le había contado, había una que se le había quedado grabada en la memoria: «Hay un fantasma sentado en la silla que te devuelve al pasado».

La idea era bastante absurda e imposible de creer. Por eso se le había quedado grabada.

Ajena a la mirada de Gohtaro, la mujer leía su novela con una concentración inquebrantable.

Mientras contemplaba aquel rostro, el hombre empezó a experimentar una extraña sensación de reconocimiento, como si la hubiera visto antes en algún sitio.

Sin embargo, no le pareció que fuera posible, si es que era cierto que la mujer era realmente un fantasma, así que se quitó la idea de la cabeza enseguida.

Pum.

La mujer del vestido cerró la novela de golpe y el sonido reverberó por la cafetería silenciosa. Ante ese movimiento inesperado, a Gohtaro casi se le sale el corazón por la boca y estuvo a punto de caerse de su asiento junto a la barra. Si se hubiera tratado de una clienta humana normal, su acción no lo habría sobresaltado tanto, pero, como le habían dicho que era un fantasma... Él no creía que lo fuera, claro, pero no era fácil desprenderse de la imagen «fantasma = espeluznante» una vez que esta había arraigado.

Aterrorizado durante unos instantes, sintió que una humedad fría y pegajosa le recorría la columna vertebral. La mujer hizo caso omiso de la reacción de Gohtaro y se levantó sin hacer ruido. Se apartó de su asiento y se encaminó hacia la entrada en silencio, aferrada a la novela que había estado leyendo, como si fuera valiosísima para ella.

Gohtaro, que sentía el corazón desbocado en el pecho, la vio pasar ante él.

Ella franqueó la entrada y desapareció hacia la derecha. Lo único que había en ese lado era el baño.

«¿Un fantasma que va al baño?».

Gohtaro ladeó la cabeza y miró la silla de la mujer. El asiento que lo llevaría al pasado estaba libre.

Vacilante, caminando despacio, se acercó sin dejar de temer en ningún momento que ella reapareciera de pronto con una expresión diabólica en la cara.

Al inspeccionarlo de cerca, vio que se trataba de un asiento normal, sin nada fuera de lo común. La silla tenía unas patas cabriola elegantemente curvadas y el asiento y el respaldo estaban tapizados con una tela de color verde musgo clarito. No era experto en antigüedades, pero se dio cuenta de que debía de valer mucho dinero.

«Si me sentara en esta silla...».

En cuanto posó la mano sobre ella con timidez, oyó unas pantuflas que se acercaban deslizándose desde el cuarto trasero.

Se dio la vuelta y vio a una niña en pijama. Si no recordaba mal, era Miki, la hija del dueño de la cafetería. Ella lo miró de hito en hito con sus enormes ojos redondos; no parecía darle ninguna vergüenza establecer contacto visual con adultos a los que no conocía. Confrontado con aquella mirada intensa, fue Gohtaro el que se sintió incómodo manteniendo el contacto visual.

—Buenas... buenas noches —dijo con una voz forzada y poco natural al mismo tiempo que apartaba la mano de la silla.

Miki avanzó hacia él arrastrando los pies.

—Buenas noches, monsieur, ¿quiere volver al pasado? —le preguntó sin dejar de observarlo con sus enormes ojos.

—Pues, bueno, verás...

Gohtaro titubeaba, no sabía cómo contestar a esa pregunta.

—¿Por qué?

Miki ladeó la cabeza con aire inquisitivo, sin prestar la más mínima atención a lo inquieto que parecía el cliente.

Lo angustiaba que la mujer del vestido volviera mientras él estaba hablando con Miki.

—¿Podrías llamar a algún miembro del personal? —le preguntó.

Sin embargo, ella ignoró por completo su petición, pasó a su lado y se plantó delante de la silla que había ocupado la mujer del vestido.

—Kaname ha ido al baño —dijo, y desvió la mirada desde el asiento vacío hacia Gohtaro.

—¿Kaname?

Sin decir nada, Miki se volvió hacia la entrada de la cafetería. Gohtaro siguió su mirada y, al comprenderlo, asintió.

—¿Se llama Kaname?

En lugar de responder, ella le tiró de la mano.

—Siéntese —lo instó.

Con un estilo profesional, recogió la taza de café de la mujer y se alejó arrastrando las pantuflas; desapareció en el interior de la cocina, sin darle a Gohtaro la oportunidad de protestar.

El hombre se quedó mirando el lugar por el que se había esfumado la niña, totalmente asombrado.

«¿Va a ayudarme a viajar al pasado?», se preguntó. Con expresión ansiosa, se situó entre la silla y la mesa que había delante y se sentó.

No sabía qué tenía que hacer para volver, pero sintió que se le aceleraba el corazón de solo pensar que estaba sentado en la silla.

Al cabo de un rato, Miki regresó cargada con una jarrita de plata y una taza de café blanca que traqueteaban sobre la bandeja que sostenía con ambas manos.

Se puso al lado de Gohtaro.

—Ahora *moi* le servirá el café —dijo mientras la bandeja se tambaleaba.

«¿En serio crees que puedes?», estuvo a punto de preguntar Gohtaro, pero se contuvo.

—Esto..., eh... —respondió con una expresión muy angustiada.

Miki no vio la cara que ponía, puesto que tenía sus enormes y emocionados ojos clavados en la taza de la bandeja. Siguió con la explicación:

—Para volver al pasado...

En ese momento, Nagare, vestido con una camiseta, salió del cuarto trasero.

—Por Dios, Miki, ¿qué estás haciendo? —dijo con un suspiro exasperado. Más que enfado, su tono transmitía algo más parecido a «Ay, no, otra vez no».

—*Moi* le está sirviendo su café al monsieur.

—Es imposible que seas capaz de hacerlo ya. Y deja de llamarte *moi*.

—*Moi* va a servírselo.

—¡Para ahora mismo!

Sin dejar de sostener precariamente la bandeja que se tambaleaba y traqueteaba, la pequeña Miki infló las mejillas y levantó la vista hacia el gigantesco Nagare.

Este entrecerró los finos ojos almendrados y frunció las comisuras de los labios al mirar a la niña.

Parecía que ambos estaban empatados, como si quienquiera que hablase a continuación fuera a perder.

Kazu, que había aparecido sin que nadie se diera cuenta, salió de detrás de Nagare y se acuclilló ante Miki.

—*Moi...*

Mientras Kazu la miraba a la cara, aún agachada a su altura, los grandes ojos de Miki pasaron poco a poco de enfadados a llorosos. En ese momento, pareció darse cuenta de que había perdido.

Kazu le sonrió con cariño.

—Ya llegará tu momento —dijo mientras cogía la bandeja con cuidado.

Miki miró a su padre, con los ojos llenos de lágrimas.

—Ajá —se limitó a decir él, y le tendió la mano despacio. Ahora la expresión de su rostro era mucho menos severa.

—Como quieras —dijo Miki, que aceptó la mano que le tendía y se acercó a su lado.

El gesto desafiante que había lucido la niña hasta hacía unos momentos se había disipado. Cuando Miki se enfadaba y se disgustaba así, era capaz de cambiar de humor muy deprisa, en lugar de dejar que la situación se prolongara. Tras observar su transformación, Nagare, con una sonrisa melancólica, pensó en lo mucho que Miki se parecía a su madre.

Basándose en cómo había tratado Kazu a la niña, Gohtaro dedujo: «Esta camarera no es su madre». También era capaz de empatizar con las dificultades que Nagare estaba atravesando para lidiar con una cría de esa edad; a fin de cuentas, él había pasado por la misma experiencia al criar a su hija Haruka como padre soltero.

—Vamos a repasar las reglas —dijo Kazu en voz baja junto a Gohtaro, que seguía sentado en el asiento que tocaba.

La cafetería estaba tan en silencio como siempre. Shuichi le había explicado las reglas hacía unos veintidós años, pero ahora ya apenas las recordaba.

Se acordaba de que retrocedes en el tiempo, de que la realidad no cambiará hagas lo que hagas y de que había un fantasma sentado en la silla. No tenía claro ningún otro detalle. Por lo tanto, que Kazu fuera a explicárselos era una buena noticia.

—La primera regla es que, aunque puede volver al pasado, solo puede encontrarse con personas que hayan visitado esta cafetería.

Esta regla no lo sorprendió. Había sido Shuichi quien lo había invitado a la cafetería. No había duda de que su amigo había estado allí.

Como el rostro de Gohtaro no mostró ningún atisbo de preocupación, Kazu continuó de inmediato. Le dijo que cuando viajara al pasado no podría cambiar la realidad, por mucho que se esforzara; que la única forma de volver era sentándose donde estaba; que no podía levantarse del asiento porque, si lo hacía, lo traerían de vuelta al presente por la fuerza.

Lo de que no podía levantarse del asiento había sido recibido con un «Ah, ¿no?» por parte de Gohtaro. Pero las reglas eran, más o menos, lo que se esperaba y ninguna de ellas le borró el color de la cara.

—De acuerdo, entendido —dijo.

—Por favor, espere mientras vuelvo a preparar el café —le indicó Kazu tras concluir la explicación, y después se marchó a la cocina.

Lo dejó allí sentado, con Nagare de pie ante él.

—Perdona que me entrometa, pero no es tu mujer, ¿verdad? —le preguntó.

Tampoco era que necesitase saber la respuesta, fue más bien un intento de entablar conversación.

—¿Ella? No, es mi prima —respondió Nagare mirando a su hija—. La madre de Miki... Bueno, cuando dio a luz a su...

No siguió hablando; no porque la emoción se lo impidiera, sino porque, sencillamente, creía que ya había transmitido el mensaje.

—Ya... —dijo Gohtaro, y dejó de hacer preguntas.

Miró a Nagare, con sus ojos estrechos, y luego a Miki, con sus ojos redondos, y llegó a la conclusión de que debía de parecerse a su madre. Absorto en ese pensamiento, esperó a Kazu.

La camarera no tardó en regresar. Cargaba con una bandeja con la misma jarrita de plata y la misma taza de café blanca que se había llevado de vuelta a la cocina. El aroma del café recién hecho se extendió por toda la cafetería y Gohtaro tuvo la sensación de que le penetraba en lo más profundo del pecho.

Kazu se colocó junto a la mesa a la que estaba sentado Gohtaro y continuó la explicación:

—Ahora le serviré el café —dijo ella mientras le ponía la taza blanca delante.

—Vale.

Gohtaro miró la taza impecable y su blancura pura, casi translúcida, lo cautivó. Kazu prosiguió:

—El tiempo que tiene en el pasado solo durará desde el momento en que le sirva el café hasta que este se enfríe.

—De acuerdo

Quizá debido a que Shuichi ya le había hablado de las reglas, a Gohtaro no pareció sorprenderle la noticia de que el lapso que podía permanecer en el pasado fuese tan corto.

Kazu esbozó una ligera reverencia con la cabeza.

—Eso significa que debe tomarse el café antes de que se enfríe —continuó—. Si no se lo bebe, entonces...

Ahora tenía que explicarle: «...se convertirá en un fantasma y se quedará sentado en esta silla». Era esta regla la que hacía que volver al pasado fuera tan arriesgado. Comparado con el enorme peligro de convertirse en un fantasma, no poder ver a la persona con quien uno quería reunirse o no ser capaz de cambiar la realidad eran inconvenientes insignificantes.

Sin embargo, si Kazu lo explicaba de manera descuidada, sus palabras podían malinterpretarse como una simple broma. Para asegurarse de que investía estas palabras de la seriedad que requerían, guardó silencio unos instantes antes de continuar.

—Te conviertes en un espectro, ¿verdad? —la interrumpió Gohtaro con unas palabras que parecían descabelladas.

—¿Qué? —preguntó Nagare, que lo escuchaba como de lejos.

—En un espectro —repitió Gohtaro sin dudar—. Cuando Shuichi me enumeró las reglas, esta me pareció tal locura... Bueno, perdón... Me resultó tan difícil de creer que la recuerdo con absoluta claridad.

Por experiencia, Nagare sabía que, cuando un cliente no había seguido esta regla, el daño había sido grave y, más que pensar en el cliente que se convertía en fantasma, pensaba en las personas que dejaba atrás. Si le ocurría a Gohtaro, sería un golpe devastador para su hija Haruka.

No obstante, a saber por qué, Gohtaro no parecía ser consciente de la gravedad del asunto, y que empleara palabras como «espectro» daba a entender que no se lo estaba tomando en serio. Pero la expresión de Gohtaro sí era seria, así que, en lugar de decirle que eso era un error, la respuesta de Nagare fue más vaga.

—Eh..., no... —intentó contestar.

Pero la respuesta de Kazu fue clara:

—Así es —le confirmó con frialdad.

—¿Cómo? —dijo Nagare, al que dicha contestación lo había pillado por sorpresa.

Abrió los ojos almendrados como platos y la miró boquiabierto. Miki, que estaba a su lado y que seguramente no sabía lo que era un espectro, miró a su padre con los ojos redondos a punto de salírsele de las órbitas.

Aun así, Kazu —impasible ante la agitación de Nagare— continuó explicándole las reglas a Gohtaro:

—No debe olvidarlo. Si no termina de beberse el café antes de que se enfríe, le tocará a usted ser el espectro atrapado para siempre en esta silla.

Era propio de la naturaleza relajada y generosa de Kazu utilizar «espectro», la palabra de Gohtaro, aunque puede que adoptara el término solo porque era más fácil hacerlo. En cualquier caso, estaba claro lo que quería decir: lo llamaras espectro o fantasma, era lo mismo.

—Entonces, la mujer que estaba sentada en la silla hasta ahora mismo... —dijo Gohtaro, como dando a entender la pregunta que seguía: «¿... no volvió del pasado?».

Sí   confirmó Kazu.

—¿Y por qué no se terminó el café? —preguntó el cliente por puro interés, pero su curiosidad convirtió el rostro de Kazu en una máscara Noh y, por primera vez, a Gohtaro le pareció que el semblante de la camarera era ilegible.

«He hecho una pregunta que no tendría que haber planteado», pensó, pero Kazu conservó la expresión solo un momento y siguió:

—Volvió para encontrarse con su marido, que había muerto, pero debió de perder la noción del tiempo y no se dio cuenta hasta que el café ya se había enfriado —afirmó con una cara que dejaba claro que no era necesario que dijera lo que ocurrió después.

—Ah, ya entiendo —contestó Gohtaro con un gesto bastante compasivo. Miró hacia la entrada por la que había desaparecido la mujer del vestido.

No hizo más preguntas, así que fue Kazu quien le dijo:

—¿Le sirvo?

—Sí, por favor —respondió con un suspiro.

Kazu cogió la jarrita de plata, que seguía en la bandeja. Gohtaro no sabía nada de vajillas, pero se dio cuenta a simple vista de que esta reluciente jarrita de plata debía de valer una suma considerable. La camarera anunció:

—Entonces, comienzo.

En cuanto pronunció estas palabras, Gohtaro notó que el aura de Kazu había cambiado.

De pronto tuvo la sensación de que la temperatura de la cafetería descendía un grado y de que el ambiente se podía cortar con un cuchillo.

Kazu levantó un poco más la jarrita de plata y pronunció las palabras:

—Tómese el café antes de que se enfríe.

Y después empezó a abocar el pitón hacia la taza, despacio. Se movía con una belleza impenetrable, como si estuviera llevando a cabo un ritual solemne.

Cuando el pitón estaba a solo unos centímetros de la taza, apareció una columna de café negro tan fina como un hilo. Era insonora y tampoco parecía moverse; solo se elevaba la superficie del líquido en la taza. El café que llenaba el recipiente recordaba a una sombra negra como el carbón.

Embelesado por esta hermosa secuencia de movimientos, Gohtaro vio una voluta de vapor que ascendía desde la taza.

Mientras la observaba, una extraña sensación, muy parecida a un mareo, lo envolvió, y todo lo que rodeaba la mesa empezó a ondularse y a rielar.

Le preocupó que lo estuviera invadiendo otra oleada de sueño, así que intentó frotarse los ojos.

—¡Uf...! —exclamó sin querer.

Sus manos, su cuerpo, se estaban fundiendo con el vapor del café. No era lo que tenía alrededor lo que se ondulaba y rielaba, sino él. De repente, el entorno comenzó a moverse de tal manera que todo lo que quedaba por encima de Gohtaro pasaba a su lado a una velocidad asombrosa, cayendo.

Al experimentar todo esto, gritó:

—Para..., ¡para!

No eran lo suyo las atracciones que daban miedo —se desmayaba solo con verlas—, pero, por desgracia para él, lo que lo rodeaba parecía caer cada vez más rápido a su lado mientras el tiempo retrocedía veintidós años.

La sensación de mareo aumentaba. Cuando se dio cuenta de que ya estaba volviendo al pasado, su conciencia fue desvaneciéndose poco a poco.

Tras la muerte de Shuichi y su esposa, Gohtaro llevó el restaurante en solitario mientras criaba a Haruka. Aún en vida de su amigo, el polifacético y diligente Gohtaro había conseguido gestionar el negocio sin ayuda, desde la cocina hasta la contabilidad.

Pero era soltero y descubrió que criar a una niña pequeña era inimaginablemente difícil. Haruka acababa de cumplir un año —lo cual quería decir que ya estaba dando sus primeros pasos inciertos— y tenía que haber alguien vigilándola en todo momento. Además, solía llorar por la noche y no lo dejaba dormir. Cuando empezó a ir a la guardería, Gohtaro pensó que la vida sería más fácil, pero la niña se angustiaba estando con extraños y odiaba ir. Todos los días rompía a llorar cuando llegaba la hora de partir.

Mientras estaba en primaria, Haruka muchas veces decía que iba a ayudar en el restaurante, pero en realidad terminaba siendo una molestia. Con las palabras que utilizaba, era difícil saber con exactitud lo que quería expresar la niña y, si Gohtaro no escuchaba en todo momento lo que tenía que decirle, Haruka se enfadaba. Si la pequeña tenía fiebre, debía llevarla al médico. Y, por supuesto, los niños también tienen una agenda social, en la que figuran cumpleaños, Navidad, San Valentín y demás. En vacaciones, le molestaba que Haruka le pidiera que la llevara a un parque de atracciones o que dijera que quería esto y aquello.

En el instituto, la muchacha entró en su fase rebelde, que no hizo más que empeorar con la edad. Cuando llegó a bachillerato, la policía llamó a Gohtaro porque la habían pillado robando en una tienda.

De adolescente, Haruka se metió en todo tipo de líos, pero, por muy tensas que se pusieran las circunstancias, Gohtaro no flaqueó ni una sola vez en su decisión de proporcionarle una crianza feliz a la chica, que se había quedado sola en este mundo.

Hacía apenas tres meses, había llevado a casa a un hombre llamado Satoshi Obi y le había anunciado que estaban saliendo y que era posible que la cosa terminara en matrimonio.

En su tercera visita, Satoshi le pidió a Gohtaro:

—Por favor, deme su bendición para casarme con Haruka.

—Tienes mi bendición —respondió él sin más.

Lo único que deseaba era que ella fuera feliz; no se interpondría en su camino.

Tras graduarse en el instituto, Haruka se convirtió en una persona mucho más razonable. Decidió ir a una escuela de cocina para hacerse cocinera y allí conoció a Obi. Al terminar los estudios, Obi encontró trabajo en un hotel del distrito de Ikebukuro en Tokio y ella empezó a ayudar en el restaurante de Gohtaro.

Cuando Haruka le anunció que iba a casarse, él empezó a sentir una culpa terrible por haberle mentido.

Durante veintidós años, la había criado diciéndole que era su hija. Para ocultarle la verdad de que no tenía parientes consanguíneos vivos, nunca le había mostrado el libro de familia. Pero, ahora que iba a casarse, todo era distinto. Cuando fuera al registro civil a formalizar su matrimonio, descubriría que era huérfana y eso sacaría a la luz la mentira que Gohtaro había sostenido todos estos años.

Tras atormentarse dándole vueltas y más vueltas en la cabeza, al final decidió contarle la verdad antes de la boda. Entonces le diría que es el verdadero padre quien debe estar presente en la ceremonia.

«Seguro que la verdad le duele, pero no puede evitarse».

Aunque ahora ya no podía hacerse nada.

—Oiga, perdone... ¿Señor?

Gohtaro se despertó sintiendo que alguien le sacudía el hombro. Había un hombre muy corpulento de pie frente a él. Llevaba un pantalón de pinzas negro azabache y un delantal marrón oscuro sobre una camisa blanca remangada hasta los codos. Gohtaro reconoció al gigante como Nagare, el dueño de la cafetería, pero era mucho más joven.

El recuerdo de aquel día empezó a emerger de los recovecos del cerebro de Gohtaro.

Estaba seguro de que esta versión joven de Nagare, el propietario, también había estado allí hacía veintidós años.

Sin embargo, el resto de la cafetería —el ventilador que giraba lentamente en el techo, las columnas y las vigas marrón oscuro, las paredes de color tostado y los tres relojes de pared que mostraban cada uno una hora diferente— estaba idéntico. Incluso hacía veintidós años, la cafetería ya tenía ese tono sepia tan peculiar, el resultado de que la única iluminación procediera de las lámparas con pantalla. Si no hubiera tenido delante al joven Nagare, Gohtaro no se habría dado cuenta de que había retrocedido.

No obstante, cuanto más miraba en torno a la cafetería, más rápido le latía el corazón.

«No está».

Si hubiera vuelto al día correcto, Shuichi habría estado allí, y no era así.

Pensó en las reglas que le habían dictado y se dio cuenta de que en ningún momento le habían explicado cómo debía volver al día correcto. Y, además, su tiempo en el pasado se limitaba al corto lapso que transcurriera antes de que se le enfriase el café. A lo mejor había llegado antes que él, o quizá ya hubiera abandonado la cafetería.

—¡Shuichi! —llamó Gohtaro y, sin pensarlo, hizo amago de levantarse.

Pero, antes de que lo consiguiera, notó la enorme mano de Nagare en el hombro, que lo mantuvo en su silla.

—Está en el baño —murmuró.

Gohtaro tenía cincuenta y un años y era un hombre alto y fornido, pero Nagare apenas le rozó el hombro con la mano, como si le estuviera acariciando la cabeza a un niño.

—El hombre al que ha venido a visitar está en el baño. Volverá pronto, así que, en lugar de levantarse, será mejor que espere.

Gohtaro se tranquilizó un poco. Según las reglas, levantarse de la silla te devolvía instantáneamente al presente; si no hubiera sido por Nagare, seguro que ya lo habrían mandado de vuelta.

—Ah, gracias.

—De nada —respondió aquel de una forma bastante clínica y se alejó para colocarse detrás de la barra con los brazos cruzados.

Allí plantado, recordaba más a un centinela que custodia un castillo que a un camarero.

No había nadie más en la cafetería.

Pero sí había gente aquel día de hacía veintidós años: una pareja sentada a la mesa más cercana a la entrada y una persona en la barra.

Y donde Gohtaro estaba ahora, en el asiento que te devuelve al pasado, había un caballero casi anciano ataviado con un esmoquin y que lucía un bigote bien cuidado.

El aspecto del caballero le había parecido muy anticuado. Gohtaro lo recordaba con claridad porque había pensado: «Ese tipo parece haber viajado en el tiempo desde la década de 1920».

Sin embargo, los otros tres clientes se habían marchado enseguida, quizá porque no eran capaces de soportar el mugroso estado de Gohtaro ni su hedor extraño.

Entonces lo recordó. Nada más entrar, Shuichi le había anunciado con entusiasmo que aquella era una cafetería misteriosa en la que era posible retroceder en el tiempo. Luego, tras escuchar el relato de lo que le había sucedido a su amigo, había ido al baño.

Gohtaro se limpió el sudor de la frente con la palma de la mano e inspiró hondo por la nariz. Entonces, del cuarto trasero salió una niña de unos cinco o seis años con un flamante *randoseru*.

—¡Venga, mamá, date prisa! —gritó mientras brincaba y hacía cabriolas por la cafetería.

—Supongo que ahora ya estás contenta, ¿eh? —le dijo el joven Nagare, con los brazos aún cruzados, a la niña que daba vueltas en el centro del local.

—Sí —respondió ella con una sonrisa de felicidad y salió corriendo de la cafetería.

¡Tolón, tolón!

Gohtaro conservaba algún recuerdo de que aquello hubiera ocurrido. En aquel momento no había prestado mucha atención, pero estaba bastante seguro de que una mujer que debía de ser la madre de la niña saldría enseguida, así que se volvió y miró hacia el cuarto trasero.

—¡Para, espérame, por favor!

Apareció una mujer. Tenía un hermoso cabello negrísimo y una tez tan pálida que era casi translúcida. Debía de rondar los treinta años, llevaba una túnica de color melocotón claro y una falda de volantes beis.

—Ay, qué voy a hacer con esta niña. La ceremonia de bienvenida de los alumnos nuevos no es hasta mañana —murmuró y levantó las manos al cielo, aunque no muy disgustada.

Su expresión transmitía más alegría que otra cosa cuando dejó escapar un suspiro.

Al ver el rostro de la mujer, Gohtaro se sobresaltó.

«¿Sería posible?».

Conocía aquella cara. Se parecía muchísimo a la mujer del vestido blanco que estaba sentada en esta misma silla leyendo una novela antes de que él viajara al pasado.

Tal vez fueran dos personas distintas que se parecían por pura casualidad. A fin de cuentas, la memoria humana es una cosa vaga. Era alguien a quien acababa de estar mirando, pero se notaba confuso.

—¿Estás segura de que irá todo bien? —le preguntó el joven Nagare a la mujer al mismo tiempo que descruzaba los brazos y entornaba los ojos.

Resultaba difícil interpretar su expresión, pero el tono de voz del dueño de la cafetería dejaba claro que estaba preocupado por ella.

—Sí, claro que irá todo bien. Solo vamos a salir a ver los cerezos en flor del barrio —dijo con una sonrisa y un gesto de asentimiento para tranquilizarlo.

Basándose en aquella conversación, cualquiera pensaría que la mujer estaba mal de salud, pero, por lo que Gohtaro alcanzó a ver, no parecía estar sufriendo ningún tipo de molestia. Después de criar a Haruka como padre soltero, sabía muy bien lo que era hacer sacrificios con tal de hacer feliz a un niño.

—Bueno, gracias por ocuparte de la cafetería, Nagare, es de gran ayuda —dijo la mujer mientras se dirigía hacia la entrada.

Se volvió para mirar a su alrededor una última vez, saludó a Gohtaro con un movimiento de la cabeza y se fue.

¡Tolón, tolón!

Como si le hubiera cambiado el sitio a la mujer, Shuichi Kamiya volvió del baño en ese preciso instante.

«Uf...».

En el momento en que apareció, todo pensamiento sobre la mujer se esfumó de la cabeza de Gohtaro. El recuerdo de su misión original lo invadió de nuevo.

Shuichi tenía el aspecto del joven que recordaba. O, en otras palabras, él debía de parecerle asombrosamente viejo a su amigo.

—¿Qué?

El Gohtaro con el que Shuichi acababa de estar hablando había envejecido de repente mientras él iba al baño. Se quedó mirando a Gohtaro con expresión de desconcierto.

—Shuichi.

Cuando Gohtaro habló, Shuichi levantó ambas manos.

—¡Espera, espera, espera! —dijo para interrumpirlo.

Mirando a su amigo con hostilidad, dio la sensación de que Shuichi se quedaba paralizado, como una figura en *stop motion*.

«Esto no tiene buena pinta...».

Gohtaro había creído que Shuichi entendería la situación de inmediato si de repente él aparecía como una versión más vieja de sí mismo; al fin y al cabo, era Shuichi quien le había dicho que en esta cafetería se podía viajar atrás en el tiempo.

Tenía otros motivos para confiar en su amigo, además.

La perspicacia siempre había sido el punto fuerte de Shuichi. En lo que a capacidad de observación, habilidad para analizar las cosas y sentido del juicio se refería, su amigo demostraba un talento superior a la media. En muchas ocasiones, Gohtaro había sido testigo de cómo se ponía en práctica ese talento en las jugadas perfectas de Shuichi en el campo de rugby. Estudiaba la personalidad y los hábitos del rival antes del partido y lo almacenaba todo en la cabeza. Como generador de jugadas, ejecutaba ensayos a la perfección mientras dejaba en ridículo a los jugadores contrarios. Por muy intimidante que fuera la situación, nunca se equivocaba en los análisis ni en los juicios.

Aun así, parecía que las circunstancias actuales eran demasiado extrañas y difíciles de creer, incluso para él.

Al mismo tiempo que rodeaba la taza con ambas manos para comprobar su temperatura, Gohtaro habló:

—Shuichi, la verdad es que...

Iba a explicarle la situación, pero la taza se estaba enfriando más rápido de lo que había previsto. No había tiempo para exponerle las cosas con tanto detalle como para aclarárselo todo, así de simple. Una vez más, las gotas de sudor comenzaron a acumulársele en la frente.

«¿Qué le digo?».

Estaba en un aprieto. Si se explayaba, no cabía la menor duda de que el café se le enfriaría. Si Shuichi no se creía que había venido del futuro, todo habría sido en vano.

«¿Soy capaz de explicárselo bien? No, creo que no».

Gohtaro sabía que las explicaciones se le daban bastante mal. Quizá si tuviera mucho tiempo... Pero no tenía ni idea de cuánto le quedaba para que se le enfriara el café. Shuichi seguía mirándolo con desconfianza, sondeándolo incluso, como si le estuviera clavando la mirada en lo más hondo del corazón.

—No espero que me creas por más que intente aclarártelo, pero... —Gohtaro empezó a escupir las palabras, consciente de que tenía que decir algo.

—Has venido del futuro, ¿verdad? —Shuichi le habló con mucho cuidado, como si fuera un extraño que no entendía la lengua local.

—¡Sí! —respondió Gohtaro en voz muy alta, emocionado al instante por la excelente capacidad de percepción de Shuichi.

Este se frotó la cabeza con el puño, murmuró incoherencias y continuó con sus preguntas.

—¿Desde hace cuántos años?

—¿Cómo?

—¿Desde hace cuántos años en el futuro has venido?

Abierto a la posibilidad, pero escéptico al mismo tiempo, Shuichi empezó a reunir información. Es justo lo que hacía antes de los partidos de rugby: recopilar la información necesaria, dato a dato.

«No ha cambiado».

Ante las preguntas de Shuichi, Gohtaro decidió responderlas. Sería la forma más rápida de conseguir que comprendiera.

—Veintidós años.

—¿Veintidós años?

Shuichi abrió los ojos como platos. Gohtaro nunca lo había visto tan sorprendido, ni siquiera cuando se lo encontró cubierto de harapos, viviendo en la calle.

Aunque Shuichi le había contado lo del rumor que rodeaba a esta cafetería, jamás había esperado encontrarse cara a cara con alguien del futuro. Además, teniendo en cuenta que de alguna manera Gohtaro había envejecido veintidós años mientras él estaba en el baño, no era de extrañar que estuviera sorprendido.

—Desde luego, has envejecido —murmuró Shuichi, y su expresión se suavizó un poco. Era un síntoma de que estaba bajando la guardia.

—Supongo que sí —respondió Gohtaro un poco cohibido.

Allí estaba él, un hombre de mediana edad, de cincuenta y un años, comportándose como un crío tímido frente a este joven de veintinueve. Para Gohtaro, era como encontrarse de nuevo con su ángel de la guarda, que lo había ayudado a recuperar su vida.

—Pero parece que estás bien y en forma, ¿no? —dijo Shuichi, que tenía los ojos muy rojos—. Oye..., ¿qué pasa?

Gohtaro estuvo a punto de levantarse de su asiento, asombrado por la cara que había puesto su amigo. Se había imaginado que se llevaría un susto al verlo así de viejo de repente, pero no se esperaba una reacción como esta.

Shuichi se acercó y, sin dejar de mirarlo a los ojos, se sentó frente a él.

—¿Shuichi?

Se oía el repiqueteo de las lágrimas al caer.

Angustiado y vacilante, Gohtaro comenzó a hablar, y entonces Shuichi dijo con voz temblorosa:

—Qué traje tan elegante llevas...

El repiqueteo continuó.

—Te queda bien.

Gohtaro se había presentado allí, delante de Shuichi, en la forma futura del amigo íntimo a cuya vida estaba a punto de darle la vuelta por completo. El Gohtaro que acababa de encontrarse en la calle estaba andrajoso y desamparado. Por eso ahora Shuichi estaba experimentando una profunda y sentida alegría al verlo ante él.

—¿Veintidós años? Seguro que ha habido momentos difíciles por el camino.

—La verdad es que no, ha pasado todo muy rápido...

—¿Sí?

—Sí...

Shuichi, con los ojos aún enrojecidos, esbozó una amplia sonrisa.

—Gracias a ti —le dijo Gohtaro en voz baja a esa cara sonriente.

—Entiendo, ja.

Shuichi se rio, avergonzado, se sacó un pañuelo de la chaqueta y se sonó la nariz. Pero el repiqueteo de las lágrimas que caían sobre la mesa continuó.

—Entonces ¿qué ocurre?

Shuichi miró a Gohtaro con aire inquisitivo, como preguntándole: «¿Por qué has venido?». No quería que pareciera que lo estaba interrogando, pero conocía las reglas de la cafetería, en especial la del límite de tiempo para su encuentro. Además, tampoco era capaz de imaginar que Gohtaro hubiera ido a verlo sin razón. Así que, en lugar de regodearse en el sentimentalismo, Shuichi sentía que no tenía más remedio que ir directo al grano.

Sin embargo, Gohtaro no le ofreció una respuesta de inmediato.

—¿Estás bien? —preguntó Shuichi en el mismo tono que habría utilizado para dirigirse a un niño lloroso.

—Si te soy sincero...

Mientras estiraba la mano despacio para comprobar la temperatura del café, empezó a explicarse con indecisión.

—Haruka ha decidido casarse.

—¿Qué?

Enterarse de algo así a través de Gohtaro debió de ser una conmoción incluso para el siempre perspicaz Shuichi. La sonrisa se desvaneció al instante de su rostro. Perfectamente comprensible. Para él, en esta época, Haruka no era más que una recién nacida.

—Que... ¿qué? ¿Qué quiere decir eso?

—Oye, no te preocupes, todo va bien —dijo Gohtaro en tono relajado. Ya se había imaginado que Shuichi se pondría nervioso durante la conversación.

Se llevó el café a los labios y bebió un sorbo. No tenía claro a qué temperatura se consideraría que estaba frío, pero aún estaba sin duda más caliente que la temperatura de la piel.

«Todavía no debería de haber problema».

Devolvió la taza al platillo. Contó la historia que se había preparado de antemano. Hizo todo lo posible por evitar cualquier cosa que pudiera disgustar a Shuichi. Sobre todo, tenía que asegurarse de no decir nada que hiciera sospechar de su muerte a su siempre astuto amigo.

—Verás, el tú del futuro me ha pedido que retroceda en el tiempo para pedirte que des un discurso en la boda de Haruka.

—¿Yo quería pedirme que diera un discurso?

—Sí, a modo de sorpresa.

—¿Sorpresa...?

—A ver, el Shuichi del futuro y el Shuichi del pasado no pueden verse...

—¿Y por eso has venido tú?

—Sí, así es —continuó Gohtaro, cada vez más impresionado por la perspicacia de Shuichi.

—Vale, creo que entiendo la idea...

—Entonces ¿qué me dices? Es algo bastante fuera de lo común, ¿verdad?

—Desde luego, es muy raro.

—Sí, lo es.

Gohtaro sacó una cámara de vídeo digital ultrafina recién comprada, nada que ver con las que existían veintidós años antes.

—¿Qué es eso?

—Una cámara.

—¿Esa cosa tan pequeña?

—Sí. También graba vídeos.

—¿También hace vídeos?

—Sí.

—Asombroso.

Shuichi escudriñaba la cara de Gohtaro con atención mientras su amigo buscaba el botón de encendido de la cámara, a la que aún no estaba acostumbrado.

—Parece que acabas de comprártela.

—¿Eh? Sí, hace nada.

Gohtaro respondió a la pregunta de Shuichi sin pensarlo mucho.

—Tienes que seguir trabajando en tu jugada final, ¿eh? —murmuró Shuichi con el rostro serio.

—Sí, lo siento, tendría que haber mirado cómo funciona está dichosa cosa antes de venir —contestó Gohtaro con las orejas sonrojadas.

—No me refiero a la cámara —señaló Shuichi aún con un tono de voz severo.

—¿Qué?

—Nada, no importa.

Shuichi alargó el brazo y dejó la mano suspendida sobre la taza. Familiarizado como estaba con las reglas de la cafetería, debía de preocuparle el tiempo que les quedaba.

—¡Venga, adelante! —exclamó. Se puso de pie con un arrebato de entusiasmo y se dio la vuelta para quedar de espaldas a Gohtaro—. Solo disponemos de una toma para hacerlo, ¿verdad? —preguntó.

Basándose en la temperatura del café, Gohtaro tampoco creía que hubiera tiempo para rodarlo de nuevo.

—Sí. Te saldrá genial —respondió—. Venga, empiezo.

Pulsó el botón de grabar.

—Bueno..., siempre se te ha dado fatal mentir —murmuró Shuichi.

A Gohtaro no debieron de llegarle sus palabras, porque no pareció reaccionar. Se limitó a seguir enfocando la cámara hacia su amigo.

—A la Haruka de dentro de veintidós años: enhorabuena por tu boda.

Luego cogió la cámara y se alejó a toda prisa del alcance de Gohtaro.

—¡Eh! —gritó este, que estiró la mano para recuperarla.

—¡No te muevas! —dijo Shuichi.

Gohtaro no lo hizo. El fuerte tono de su amigo hizo que un escalofrío le recorriera la columna vertebral. Si la advertencia le hubiera llegado una milésima de segundo más tarde, se habría levantado de su asiento de un salto. Por suerte, se acordó justo a tiempo. Si se hubiese puesto de pie, habría vuelto al presente de inmediato.

—¿Por qué haces eso? —preguntó.

Su voz resonó con fuerza en el local, pero, por suerte, eran los dos únicos clientes. Aparte de ellos, solo estaba Nagare, detrás de la barra, y su toma y daca no parecía importarle mucho. Permanecía inmóvil con los brazos cruzados, sin mostrar ni una pizca de sorpresa.

Shuichi respiró hondo, se enfocó con la cámara él mismo y empezó a hablar:

—Haruka, enhorabuena por tu boda.

Gohtaro seguía sin tener claro por qué le había quitado la cámara, pero, cuando vio que seguía con el plan y grababa un mensaje, se sintió aliviado.

—El día en que naciste, los cerezos estaban en plena floración... Todavía recuerdo la primera vez que te cogí en brazos, lo roja y acurrucada que estabas, lo pequeñita que eras.

Dándole las gracias a su suerte por que Shuichi estuviera cooperando, Gohtaro estiró la mano y cogió la taza de café, con la intención de volver al presente en cuanto aquel terminara de grabar el mensaje.

—Cuánta felicidad me produjo el mero hecho de mirar tu carita sonriente. Verte mientras dormías me daba toda la motivación que necesitaba. Haber sido bendecido con tu nacimiento es la mayor alegría de mi vida. Te quiero más que a nadie en el mundo. Por ti soy capaz de hacer cualquier cosa...

Todo iba según lo previsto. Solo le faltaba recuperar la cámara y volver al presente.

—Deseo que tengas una vida feliz hasta... —La voz de Shuichi empezó a quebrarse de repente por la emoción—. Hasta el final.

Plaf, plaf, plaf, plaf.

—¿Shuichi?

—¿Podemos dejar ya esta farsa?

—¿Qué?

—¡Deja de mentirme, Gohtaro!

—¿Mentirte? ¿A qué te refieres?

Shuichi levantó la mirada hacia el techo y suspiró con fuerza. Tenía los ojos rojísimos.

—¿Shuichi?

Su amigo se estaba mordiendo el dorso de la mano. Era como si estuviera intentando ahogar sus emociones en dolor.

—¡Shuichi!

—Yo...

Plaf, plaf.

—... no asistiré...

Plaf, plaf, plaf, plaf.

Las palabras salieron poco a poco entre un rechinar de dientes.

—... a la boda de Haruka, ¿verdad?

—¿Por qué dices eso? Ya te he dicho que ha sido idea tuya, ¿no? —Gohtaro hiló las palabras con urgencia.

—No esperarías en serio que me dejara engañar por semejantes mentiras, ¿verdad? —replicó Shuichi.

—¡No son mentiras!

Al oírlo, aquel se volvió y lo miró con los ojos brillantes y rojos.

—Si estás diciendo la verdad, ¿por qué no has parado de llorar en ningún momento durante todo este tiempo?

—¿Qué?

Plaf, plaf, plaf, plaf.

«¿Qué dice? Creo que me habría dado cuenta si estuviera llorando», pensó Gohtaro, pero era tal como le había dicho Shuichi. Unas lágrimas enormes le brotaban de los ojos y sus salpicaduras emitían un repiqueteo que reverberaba por todo el local.

—Uy, qué raro. ¿Cuándo he empezado a hacerlo?

—¿No te has dado cuenta? Llevas llorando desde el principio.

—¿Desde el principio?

—No has parado de llorar desde que he salido del baño.

Gohtaro bajó la mirada y vio que sus lágrimas habían formado un charco en la mesa.

—No son más que...

—Y eso no es todo.

—¿Cómo?

—La forma en que me has dicho «Haruka ha decidido casarse»... Has hablado de ella como lo haría un padre. ¡No puedo evitar pensar que has criado a Haruka como a tu propia hija sustituyéndome a mí!

—Shuichi...

—Lo cual significa...

—No, no lo has entendido.

—Venga, acláramelo.

—...

—Entonces, estoy...

—No... Shuichi, espera...

—¿Estoy muerto, entonces?

Plaf, plaf, plaf, plaf.

En lugar de responder, el raudal de lágrimas aumentó.

—Qué fuerte —murmuró Shuichi.

Gohtaro negaba con la cabeza de forma exagerada, como lo haría un niño, pero ya no podía seguir engañándolo. Las lágrimas le rodaban por el rostro en contra de su voluntad.

Le temblaron los hombros cuando intentó contener los sollozos. Para ocultar las lágrimas, se mordió con fuerza el labio y agachó la cabeza.

Shuichi caminó por la sala y se desplomó en el asiento más cercano a la entrada.

—¿Cuándo?

Le estaba preguntando cuándo iba a morir.

Gohtaro solo quería tomarse el café de un trago y volver al presente, pero, con los puños firmemente apretados sobre las rodillas, se quedó rígido por completo, incapaz de moverse siquiera.

—Se acabaron las mentiras... ¿Entendido?... Dímelo ahora mismo —suplicó Shuichi, mirándolo a los ojos.

Gohtaro apartó la mirada y juntó las manos como si fuera a rezar. Dejó escapar un largo suspiro.

—Dentro de un año...

—¿Solo tengo un año?

—Fue un accidente de coche.

—Dios mío, ¿en serio?

—Estabas con Yoko...

—Madre mía, no. ¿Yoko también?

—Así que la he criado yo. He criado a... Haruka.

Gohtaro se esforzó por pronunciar su nombre sin parecer su padre y Shuichi se dio cuenta.

—Entiendo... —murmuró con una sonrisa débil.

—Pero pienso ponerle fin... hoy mismo —dijo Gohtaro con la voz entrecortada.

Nunca había sido capaz de librarse de la sensación de que la relación padre-hija que había construido con Haruka a lo largo de los últimos veintidós años se la había ganado gracias a la muerte de Shuichi. Sin embargo, que pasar sus días con ella le proporcionaba felicidad era algo incuestionable.

Pero, cuanto más feliz se sentía, más fuerte era su sospecha de que, con Shuichi abandonado en el camino, esa felicidad no era suya...

Si hubiera sido capaz de decirle antes a Haruka que él no era su verdadero padre, tal vez la relación construida entre ambos sería diferente. Pero no tenía sentido imaginar lo que podría haber sido.

El día de la boda de Haruka llegaría pronto. Postergarlo hasta el momento de ser delatado por el libro de familia no había hecho más que intensificar sus sentimientos de culpa.

«He vivido la vida sin ser capaz de decir la verdad por miedo a perder mi propia felicidad».

Era una traición a Shuichi, su ángel de la guarda, y a Haruka.

«Soy tan patético que no merezco asistir a un momento tan especial como la boda de Haruka».

Y por eso había planeado apartarse de la vida de ella tras revelarle la verdad.

Todavía con la cámara en la mano, Shuichi se puso en pie despacio. Se acercó a Gohtaro, que seguía sentado en su silla. Colocó la cámara de manera que ambos hombres aparecieran en la imagen y le pasó un brazo por el hombro a su amigo.

—No tienes pensado ir a la boda, ¿verdad? —preguntó Shuichi al mismo tiempo que lo sacudía por el hombro.

Lo había entendido todo.

—No, no iré —respondió Gohtaro, todavía encorvado—. Aunque el padre de Haruka sea Shuichi..., tú..., nunca he sido capaz de hablarle de ti, de su verdadero padre. Tú me ayudaste... y sé que no tendría que haberlo hecho..., pero pensé que, si Haruka era mi hija... de verdad, entonces... —Gohtaro continuó trastabillando con las palabras—. Y acabé contemplando lo que debería haber sido impensable.

Levantó ambas manos para taparse la cara mientras empezaba a sollozar sin control.

Ese había sido su sufrimiento interminable.

Cuando pensaba en si Haruka fuera realmente hija suya, era como si Shuichi nunca hubiera existido. Gohtaro, cuyo sentimiento de deuda hacia él era insuperable, se despreciaba por haber imaginado tal cosa.

—Ahora lo entiendo... Y qué típico de ti hacerte esto... Has estado sufriendo por dentro a todas horas, ¿no?

Shuichi se sorbió con fuerza la nariz, que goteaba.

—Vale, bien..., terminemos hoy con esto —continuó, y le tiró del lóbulo de la oreja a su amigo.

—Lo siento, lo siento mucho... —repitió Gohtaro mientras las lágrimas caían por la grietas que se le formaban entre las manos, que seguían tapándole la cara, y aterrizaban —plaf, plaf— en la mesa.

—¡Muy bien! —exclamó Shuichi mientras se enfocaba a sí mismo con la cámara—. ¡Oye, Haruka! Quiero hacerte una propuesta —anunció. Su voz retumbante resonó con confianza por toda la cafetería—.

A partir de hoy —empezó mientras se acercaba a Gohtaro agarrándolo por el hombro—, tu padre seremos tanto Gohtaro como yo. ¿Te parece bien? —preguntó mirando a la cámara.

El hombro de su amigo dejó de temblar a causa de los sollozos. Shuichi no paró de hablar.

—A partir de hoy, te llevas un papá extra. Menuda ganga. ¿Qué me dices?

Gohtaro levantó despacio el rostro lloroso.

—Un momento, ¿qué estás diciendo? —murmuró confuso.

Shuichi se volvió hacia él.

—¡Te mereces ser feliz! —soltó con absoluta convicción—. Ya es hora de que dejes de atormentarte pensando en mí —lo exhortó.

Gohtaro recordó.

Shuichi siempre había sido así. Daba igual lo duro que fuera el camino, él era el eterno optimista. Seguir adelante siempre había sido la única opción. Y, como siempre, estaba siendo ese hombre que, incluso después de acabar de enterarse de su propia muerte, era capaz de pensar en la felicidad de los demás.

—¡Sé feliz, Gohtaro!

En un rincón de la pequeña cafetería, dos hombres corpulentos se abrazaban y lloraban.

El ventilador de techo que tenían encima seguía girando con lentitud.

Shuichi fue el primero en dejar de llorar. Agarró a Gohtaro por los hombros.

—¡Eh! Mira a la cámara. Estamos grabando un mensaje para la boda de Haruka, ¿no?

Gohtaro, apoyado en el brazo de su amigo, por fin consiguió mirar a la cámara, pero tenía la cara hinchada y empapada de lágrimas.

—Bueno, pues sonríe —lo apremió Shuichi—. Venga, los dos vamos a sonreír y a desearle a Haruka un feliz día de boda, ¿verdad?

Gohtaro procuró sonreír, pero fue en vano.

Al ver el intento, a Shuichi se le escapó una carcajada estruendosa.

—Ja, ja, muy guapo —dijo, y le puso la cámara en las manos—. Tienes que enseñarle este vídeo a Haruka sin falta, ¿vale?

Tras pronunciar esas palabras, se levantó.

—Perdóname, Shuichi.

Gohtaro seguía llorando.

—¿No le gusta el café? —preguntó Nagare en voz baja desde detrás de la barra.

Fue su manera de expresar que estaba preocupado. El café se estaba enfriando.

«No se estará olvidando de la hora, ¿verdad?», quería decir en realidad.

—Sí, deberías irte —dijo Shuichi.

Gohtaro miró a su amigo fijamente a los ojos.

—¡Shuichi! —gritó.

—No pasa nada. No te preocupes, estoy bien —respondió, pero no consiguió disipar la expresión sombría de Gohtaro. Sonrió con ironía—. ¡Oye! ¿No pensarás asistir a la boda de Haruka hecho un espectro o algo así? —preguntó, y le dio una palmadita en el hombro.

Gohtaro volvió la cara empapada de lágrimas hacia su amigo.

—Perdón —murmuró.

—Eh, no pasa nada, ¡bebe! —replicó Shuichi mientras agitaba las palmas.

Gohtaro cogió la taza de café con ambas manos y, sintiendo que ya estaba casi frío del todo, se lo bebió de un trago.

—Uf...

Una sensación muy parecida a la del mareo lo envolvió de nuevo.

—¡Shuichi! —gritó, pero ya había comenzado a volatilizarse.

Le pareció que a su amigo no le llegaba su voz. No obstante, justo cuando pensaba que el entorno titilante comenzaría a ondularse, en medio de su estado de confusión lo oyó decir con claridad:

—Cuida de Haruka por mí.

Eran las mismas palabras que el Gohtaro veintidós años más joven había escuchado un año más tarde, un día en el que los pétalos de cerezo parecían una ráfaga de nieve y bailaban por el cielo despejado.

Gohtaro descubrió de repente que, al igual que en el camino hacia el pasado, la velocidad con la que estaba volviendo al futuro era cada vez mayor, propulsado hacia delante. Perdió el conocimiento.

—¿Monsieur?

Gohtaro volvió en sí al oír la voz de Miki. El interior de la cafetería continuaba exactamente igual, pero allí, ante él, estaban ella, Nagare y Kazu.

«¿Ha sido un sueño?».

De pronto, desvió la atención hacia su mano y la cámara que sujetaba con ella. Pulsó el botón de reproducción enseguida.

Mientras miraba la pantalla, la mujer del vestido volvió del baño y se plantó delante de la mesa.

—¡Quítate! —escupió en un tono aterrador, profundo y gutural.

—Uy, perdón —dijo Gohtaro, que se levantó a toda prisa para dejarle el asiento libre.

Ella se sentó con expresión indiferente y empujó la taza que quedaba sobre la mesa para apartarla, sin duda una orden para que la recogieran.

Miki se llevó de inmediato la taza no deseada. Sin la ayuda de una bandeja, tuvo que sujetarla con ambas manos. Pasó al lado Gohtaro arrastrando las pantuflas y se colocó de nuevo junto a Nagare detrás de la barra.

Le dio la taza a su padre.

—El monsieur está llorando, queridos. A *moi* le gustaría saber si está bien —dijo adoptando una vez más aquel tono afectado.

Nagare miró a Gohtaro, que tenía la vista clavada en la pantalla de la cámara y sollozaba con tanta fuerza que le temblaban los hombros. El panorama también debió de preocuparlo.

—¿Se encuentra bien? —preguntó.

—Estoy bien —respondió Gohtaro, que continuó pegado a la pantalla.

—Pues... estupendo, entonces —dijo Nagare, y miró a Miki—. Dice que está bien —susurró.

Kazu salió de la cocina con otro café para la mujer del vestido.

—¿Cómo le ha ido? —le preguntó a Gohtaro mientras se acercaba a la silla especial, limpiaba la mesa y servía el café.

—Me ha dicho que sea feliz... —dijo Gohtaro en voz baja mientras miraba hacia la silla.

Apretó los dientes.

—Ah, ¿sí? —respondió Kazu en un susurro.

En la pantalla, Shuichi tenía un brazo por encima del hombro de Gohtaro y lo animaba: «Sonríe, sonríe».

—Bueno, queridos, ¿cuándo podrá *moi* hacer eso?

Gohtaro se había acercado a la caja registradora y se disponía a pagar. Miki no paraba de tirarle de la manga de la camiseta a Nagare.

—A ver, para empezar, ¡ya puedes dejar el *moi*!

—Pero *moi* quiere hacerlo.

—No pienso dejar que una persona que dice *moi* lo haga.

—Porque eres un cagueta.

—¿Que soy un qué?

Mientras Nagare y Miki continuaban con su enfrentamiento, Gohtaro empezó a alejarse, pero se frenó de golpe.

—Si no te importa que te haga una pregunta... —le dijo a Kazu, si bien seguía mirando a los otros dos.

—¿Sí? —respondió la camarera.

—Era tu madre, ¿verdad? —preguntó, volviéndose hacia la mujer del vestido.

Kazu siguió la mirada de Gohtaro.

—Sí —respondió.

Él quiso preguntarle por qué su madre no había vuelto del pasado, pero Kazu transmitía un sensación que impedía cualquier posible conversación, con el rostro inexpresivo aún vuelto hacia la mujer del vestido.

Cuando Gohtaro había formulado la misma pregunta antes de volver al pasado, Kazu le había contestado que la mujer había vuelto para encontrarse con su marido muerto.

«Esa chica debe de haber sufrido mucho más que yo», pensó.

Incapaz de encontrar palabras para expresar todo eso, dijo:

—Muchas gracias...

Y, sin más, se marchó de la cafetería.

¡Tolón, tolón!

—Hace veintidós años... —murmuró Nagare con un suspiro—. Debías de tener solo siete, ¿no? —le preguntó desde detrás de la barra a Kazu, que miraba a Kaname.

—Sí...

—Espero que tú también encuentres la felicidad... —volvió a murmurar Nagare, casi como para sí mismo.

—Bueno, yo...

Dio la sensación de que estaba a punto de decir algo, pero Miki no le dio tiempo.

—Oye, queridos..., ¿cuánto falta para que a *moi* se le permita hacerlo? —preguntó mientras se enredaba entre las piernas de Nagare.

Kazu la miró y sonrió con calidez.

—¿Es que nunca te cansas? —preguntó su padre, que dejó escapar un profundo suspiro—. ¡Ya llegará tu momento! —dijo, e intentó desembarazarse de Miki, que se había enrollado en torno a su cuerpo.

—¿Cuándo será eso? ¿A qué hora, qué día?

—¡Tu momento llegará cuando tenga que llegar!

—No lo entiendo —dijo ella, que seguía pegada a la pierna de Nagare y se negaba a separarse—. ¿Cuándo, cuándo, cuándo?

A Nagare estaba a punto de agotársele la paciencia justo cuando...

—Miki, a ti también te llegará tu turno... —intervino Kazu para unirse a la conversación. Se acercó a la niña y se agachó para mirarla a los ojos estando a su altura—. Cuando cumplas siete años... —susurró con suavidad.

—¿En serio? —preguntó Miki, que la miraba fijamente a los ojos.

—Sí, en serio —le confirmó Kazu.

La niña levantó la mirada hacia Nagare y esperó su respuesta.

A juzgar por su expresión, al padre no le hacía mucha gracia la idea, pero al final dejó escapar un suspiro de resignación.

—De acuerdo —respondió, y asintió un par de veces.

—¡Yupi, hurra!

Miki se puso eufórica de inmediato. Saltó y brincó dándolo todo y después se escabulló hacia el cuarto trasero.

Mientras negaba con la cabeza y murmuraba —«Menuda cosa se me ha ocurrido decirle»—, su padre fue tras ella.

Kazu, que se había quedado sola, miró en silencio a la mujer del vestido, que leía su novela.

—Lo siento, mamá. Todavía... —susurró de repente.

El tictac de los tres relojes de pared reverberaba con fuerza, como si estuviera sintonizado con Kazu.

Siempre...

Siempre...

2

Madre e hijo

Nada te hace pensar «Ah, ya ha llegado el otoño» como oír el lin-lin del *suzumushi*, el grillo de campana.

Sin embargo, este sentimiento tan cálido hacia los insectos es un fenómeno cultural único. Fuera de Japón y la Polinesia, el chirriar de los insectos tiende a describirse como una auténtica batahola.

Según una teoría, tanto los japoneses como los pueblos polinésicos se desplazaron originalmente hacia el sur desde Mongolia. La fonética del samoano, una lengua polinesia, es similar a la del japonés. Ambos idiomas tienen vocales que comprenden los cinco tonos de «a», «i», «u», «e» y «o» y las palabras de las dos lenguas se expresan utilizando consonantes y vocales o solo vocales.

El japonés tiene, además, expresiones onomatopéyicas para comunicar sonidos y expresiones miméticas para transmitir estados que no producen sonidos. Pero tanto los onomatopéyicos *sala-sala* del río que fluye y *byuu-byuu* del viento que sopla, como los miméticos *shin-shin*, que describe la nieve que se asienta en silencio, y *kan-kan*, que expresa la caída a plomo de los rayos del sol, evocan el estado de ánimo del mundo que nos rodea.

Estas palabras cobran vida en los cómics japoneses actuales, donde aparecen directamente sobre las ilustraciones, fuera de los bocadillos de diálogo. Cuando un personaje adopta una pose dramática, se emplea la palabra *ZUBAAN!* para darle énfasis; *DOHN!* se utiliza para conferirle intensidad al choque de un objeto pesado. *Sulu-sulu* añade textura a una superficie resbaladiza y *shi-n* encapsula la cualidad del silencio. Cuando estos cómics utilizan así los glifos, se realza la realidad del momento.

Hay una canción que suele cantarse en las clases de música de los colegios y que está plagada de expresiones de este tipo.

> *¡Oigo el chirrido del grillo de árbol!*
> *Chin-chillo, chin-chillo, chin-chillo-lin.*
> *¡Oigo el chirrido del grillo de campana!*
> *Lin-lin, lin-lin, lin-lin.*

Una tarde de otoño...

Miki Tokita estaba cantando la canción «Armonía de los insectos» con una voz muy alta y animada. Le hacía ilusión que su padre, Nagare Tokita, escuchara la letrilla que había aprendido ese día en el colegio. Y, de tanto cantar, la cara se le estaba poniendo colorada.

A Nagare le estaba costando mucho seguir prestando atención a las notas desafinadas y altísimas de Miki. Se le estaba formando un surco profundo en medio de la frente y su boca se asemejaba cada vez más a una «U» invertida.

—«Chirrían toda la larga noche otoñal. ¡Qué divertido es escuchar la sinfonía de los insectos!».

Cuando terminó de cantar, Miki recibió una ovación.

—Maravilloso, maravilloso —dijo Kyoko Kijima sin dejar de aplaudir.

Estos elogios hicieron sonreír a la niña y le provocaron una presuntuosa sensación de satisfacción.

—«Oigo el chirrido del grillo de árbol...» —comenzó a cantar de nuevo.

—Vale, Miki. Está muy bien, pero ¡basta! —exclamó Nagare, desesperado por hacerla callar. Había escuchado la letrilla tres veces y ya estaba más que harto de ella—. Gracias por compartir tu canción, ahora ve a guardar el *randoseru* —le dijo al mismo tiempo que cogía la mochila de la barra y se la tendía.

Miki, todavía regodeándose en los elogios de Kyoko, contestó:

—Vale. —Desapareció en el cuarto trasero—. «Chin-chillo, chin-chillo, chin-chillo-lin...».

En el preciso instante en el que la cantarina Miki salió de la sala, apareció la camarera de la cafetería, Kazu Tokita.

—Bueno, pues por lo visto ya ha llegado el otoño —murmuró dirigiéndose a Kyoko.

Al parecer, la canción de Miki había anunciado la llegada del otoño a la cafetería, que siempre tenía el mismo aspecto, fuera cual fuese la estación del año.

¡Tolón, tolón!

Quien entró en la cafetería cuando sonó el cencerro fue Kiyoshi Manda, un inspector de homicidios de la comisaría de Kanda que rondaba los sesenta años. Estaban a principios de octubre y las mañanas empezaban a ponerse bastante frías. Kiyoshi se quitó la gabardina y se sentó a la mesa más cercana a la entrada.

—Hola, bienvenido —lo saludó Kazu al servirle un vaso de agua.

—Un café, por favor —respondió Kiyoshi.

—Enseguida —dijo Nagare desde detrás de la barra y se metió en la cocina.

Cuando desapareció, Kyoko se dirigió a la camarera susurrando para que solo ella lo oyera:

—¡Kazu, el otro día te vi pasar por delante de la estación con un hombre! ¿Quién era? No tendrás novio, ¿verdad?

Con una sonrisa pícara y un brillo juguetón en los ojos, estaba claro que la mujer esperaba que Kazu reaccionara de una forma poco habitual: sonrojándose o algo parecido.

Pero la camarera se limitó a mirarla a la cara y responder:

—Sí, tengo novio.

La expresión de Kyoko fue de verdadera sorpresa.

—¿En serio? ¡No lo sabía! —gritó, y se acercó más a Kazu, que estaba detrás de la barra.

—Pues sí.

—¿Y esto cuándo ha pasado?

—Él estaba en el último año de carrera cuando estudié Bellas Artes.

—¿No me digas que lleváis diez años saliendo?

—Ah, no. Empezamos a salir en primavera.

86

—¿La primavera de este año?

—Sí.

—¿De verdad? —reflexionó Kyoko, que se echó hacia atrás en su asiento hasta quedar peligrosamente cerca de perder el equilibrio.

Dejó escapar un enorme suspiro.

De todos los presentes en la cafetería, no obstante, Kyoko era la única que se estaba deleitando con la sorpresa. Kiyoshi no mostró ningún interés en el cotilleo. Lo único que le preocupaba era el cuaderno negro que tenía en las manos y que miraba con fijeza, sumido en sus pensamientos.

Kyoko gritó en dirección a la cocina, donde se encontraba Nagare:

—¡Oye, Nagare! ¿Sabías que Kazu tiene novio?

Era una cafetería pequeña. Después de soltar el grito, Kyoko la miró, se encogió de hombros —«¿A lo mejor he chillado demasiado...?»— y escudriñó la cara de la camarera en busca de señales de vergüenza.

Kazu, sin embargo, tan tranquila como siempre, estaba sacándole brillo a un vaso. En su cabeza, no había nada que ocultar. Se había limitado a responder lo que le habían preguntado.

Como no recibió respuesta de Nagare, Kyoko volvió a preguntar a voz en grito:

—Bueno, ¿lo sabías?

Un instante después, llegó una respuesta.

—Sí, más o menos, supongo.

Por extraño que pareciera, Nagare se mostró mucho más evasivo y tímido que Kazu.

—¡Vaya, no me digas!

Cuando Kyoko, una vez más, se volvió para mirar a la camarera, Nagare salió de la cocina.

—¿Por qué te sorprende tanto? —le preguntó a Kyoko.

Se acercó y le sirvió a Kiyoshi el café recién hecho.

El inspector pareció complacido y, con una amplia sonrisa, inhaló despacio sobre la taza.

Al verlo, los ojos estrechos de Nagare se arquearon de placer. Que el café que servía en la cafetería no fuera nunca del montón era un motivo de gran orgullo y alegría para él. Ver la sonrisa de Kiyoshi era su recompensa. Hinchó el pecho con aire de satisfacción y volvió a su puesto detrás de la barra.

Sin darle ni un ápice de importancia a la sensación de complacencia de Nagare, Kyoko continuó:

—Supongo que no debería sorprenderme tanto, pero, a ver, es Kazu. ¿Quién iba a pensar que tenía una vida romántica secreta?

—Ajá —contestó Nagare con indiferencia, estrechando aún más los ojos.

El dueño de la cafetería se puso a tararear una melodía mientras le sacaba brillo a una bandeja de plata. Daba la impresión de que, en cuanto a importancia, la cara sonriente de Kiyoshi superaba con creces a la charla sobre el novio de Kazu.

Kyoko miró de reojo a Nagare.

—Bueno, ¿y qué estabais haciendo ese día? —le preguntó a la camarera en tono inquisitivo.

—Estábamos buscando un regalo.

—¿Un regalo?

—Era el cumpleaños de su madre.

—Ah, ya entiendo.

Y así, durante un rato, Kyoko siguió indagando e investigando, haciendo varias preguntas sobre el novio de Kazu. Preguntó sobre la primera impresión que le había causado cuando se conocieron, sobre cómo la había invitado a salir y demás. Como la camarera estaba dispuesta a responder a todo lo que le preguntaba, el interrogatorio parecía no terminar jamás.

De todo lo que preguntó, lo que más parecía interesar a Kyoko era el número de veces que el chico le había pedido que fuera su novia. No había sido algo puntual, sino que lo había hecho tres veces: al poco de conocerse, tres años más tarde y, por último, en la primavera de este año. Kazu se había mostrado dispuesta a satisfacer todas las dudas de Kyoko, pero a la de por qué lo había rechazado dos veces y le había dicho que sí a la tercera, respondió vagamente:

—No lo sé.

Cuando al fin se le acabaron las cuestiones, Kyoko apoyó las mejillas en las manos y le pidió otro café a Nagare.

—¿Por qué te ha puesto de tan buen humor la simple noticia de que Kazu tiene novio? —le preguntó él al rellenarle la taza.

Kyoko respondió con una sonrisa radiante:

—Pues, verás, es que mamá siempre decía que deseaba que llegara pronto el día en que Kazu estuviera felizmente casada.

Kyoko se refería a su madre, Kinuyo, que había fallecido el mes anterior tras una larga batalla contra la enfermedad.

A Kinuyo, que había enseñado a pintar a Kazu desde que era una cría, le encantaba el café de Nagare. Hasta que la ingresaron en el hospital, era una clienta habitual que visitaba la cafetería siempre que tenía tiempo. Tanto Kazu como Nagare le tenían un cariño increíble.

—Ah, ¿sí? —reflexionó el dueño con solemnidad.

Kazu no hizo ningún comentario, pero había dejado de pulir el vaso que tenía entre las manos.

Al notar que le había bajado los ánimos a todo el mundo, Kyoko se apresuró a añadir:

—Ay, qué tonta soy, siento haber fastidiado el ambiente. No pretendía dar a entender que mamá muriera con deseos incumplidos. Por favor, no os lo toméis a mal.

Pero Kazu, por supuesto, sabía que no era eso lo que Kyoko había querido decir.

—Al contrario, gracias —respondió la camarera con una sonrisa suave que no solía mostrar.

Kyoko sentía que había estropeado la atmósfera, pero también parecía satisfecha de haber tenido la oportunidad de compartir los deseos de Kinuyo con Kazu.

—Qué va, un placer —contestó haciendo un feliz gesto de asentimiento.

—Perdón por la interrupción...

Era Kiyoshi. Había estado tomándose el café en silencio, obviamente esperando a que se produjera una pausa en la conversación.

—Me gustaría preguntarte una cosa... —dijo con una expresión de disculpa muy marcada.

No quedaba claro a quién se estaba dirigiendo, pero Kyoko respondió al instante:

—¿Sí?

Y Nagare hizo lo propio:

—¿De qué se trata?

Kazu, en lugar de responder, miró a Kiyoshi de hito en hito. El inspector, tras quitarse la raída gorra de caza, se rascó la cabeza cubierta casi por completo de canas.

—Pues... es que me está costando encontrar ideas de qué comprarle a mi mujer por su cumpleaños —murmuró en un tono algo avergonzado.

—¿Un regalo para su mujer? —preguntó Nagare.

—Sí —asintió Kiyoshi.

Tal vez, al oír la conversación sobre que Kazu y su novio habían salido a buscar un regalo para la madre de este, se le hubiera ocurrido que podría sacar algo útil de ella.

—Ay, qué romántico —dijo Kyoko en tono burlón, pero Kazu se tomó la pregunta más en serio.

—¿Qué le regaló el año pasado? —preguntó la camarera.

Kiyoshi volvió a rascarse la cabeza canosa.

—Bueno, me avergüenza reconocerlo, pero nunca le he comprado un regalo de cumpleaños. Así que no sé qué regalarle.

—¿Qué? ¿Nunca le has comprado nada? Y, sin embargo, ahora quieres hacerlo... ¿Por qué? —preguntó Kyoko con los ojos abiertos como platos a causa de la curiosidad.

—Bueno, no sé, no hay ninguna razón concreta... —contestó el hombre, y fingió beber un sorbo de la taza de café, que ya estaba visiblemente vacía.

Kyoko vio con absoluta claridad aquel intento de esconder su vergüenza e intentó con todas sus fuerzas disimular una risa espontánea que delataba lo adorable que le parecía la situación.

Nagare seguía de pie con los brazos cruzados, escuchando la conversación.

—Yo opino... —murmuró, y luego continuó con entusiasmo, con la cara muy roja— que quedaría encantada con cualquier cosa.

Kyoko se apresuró a rechazar su sugerencia:

—¡Ese debe de ser el consejo menos útil que podrías darle!

Nagare, que sintió que lo habían puesto en su sitio, dijo:

—Uy, perdón.

Entonces Kazu, con la cafetera en la mano, le rellenó la taza a Kiyoshi.

—¿Y un collar? —preguntó.

—¿Un collar?

—No es muy ostentoso...

Mientras hablaba, Kazu le mostró su collar a Kiyoshi. Era tan fino que ni siquiera le había llamado la atención hasta que la camarera lo sujetó entre los dedos.

—¿Qué collar? Enséñamelo. ¡Ah, sí! ¡Muy bonito! Las mujeres tienen debilidad por ese tipo de cosas a cualquier edad —dijo Kyoko, que se asomó al escote de Kazu y asintió con énfasis.

—Por cierto, ¿qué edad tienes ya, Kazu? —preguntó Kiyoshi.

—Tengo veintinueve.

—Veintinueve... —murmuró aquel como si estuviera dándole vueltas a algo.

Al percatarse de la expresión de Kiyoshi, Kyoko trató de tranquilizarlo:

—Si te preocupa que no sea apropiado para su edad, ¡ni lo pienses! Es un gesto maravilloso. Creo que tu mujer estaría encantada con un regalo así.

El rostro de Kiyoshi se iluminó al instante.

—Entiendo. Muchas gracias.

—Feliz compra.

Kyoko estaba sorprendida y, al mismo tiempo, impresionada. Jamás habría imaginado que un inspector desmañado y tan mayor como Kiyoshi tuviera pensado comprarle un regalo de cumpleaños a su mujer. Decidió apoyarlo todo lo posible en su empeño.

—Sí, gracias —contestó Kiyoshi, que volvió a ponerse la raída gorra de caza en la cabeza y cogió su taza de nuevo.

Kazu también sonreía con alegría.

—«¡Oigo el rugido del león! ¡Grrr-grrr, grrr-grrr, GRRR! ¡Grrr!».

Desde el cuarto trasero, les llegó el sonido de la canción de Miki.

—No recuerdo ese verso —observó Kyoko con los brazos cruzados y la mirada perdida.

—Parece que es lo último por lo que le ha dado.

—¿Por qué, por cambiar la letra?

—Ajá.

—Ahora que lo pienso, a los niños les encanta hacerlo, ¿no? Cuando Yohsuke tenía la edad de Miki, daba igual dónde estuviéramos, cambiaba las letras por unas cosas que ni te las creerías, recuerdo que me hacía pasar mucha vergüenza.

Con una sonrisa nostálgica, Kyoko desvió la mirada hacia el cuarto en el que estaba Miki.

—Ahora que mencionas a Yohsuke, últimamente ya no viene contigo —comentó Nagare, que cambió así de tema.

Se referían al hijo de Kyoko. Iba a cuarto de primaria y era todo un hincha del fútbol. Cuando Kinuyo aún estaba en el hospital, ambos visitaban a menudo la cafetería, juntos, para llevarle a la enferma uno de los cafés de Nagare.

—¿Qué?

—Yohsuke.

—Ah..., sí —murmuró Kyoko, que tendió la mano hacia su vaso—. Solo venía porque mamá nos pedía café —explicó y se bebió el agua que le quedaba.

Yohsuke había dejado de ir a la cafetería justo después de la muerte de su abuela. Tras seis meses de lucha contra la enfermedad, Kinuyo se había mojado la boca con un café preparado por Nagare y había exhalado su último aliento como si se hubiera quedado dormida.

Con Kinuyo fallecida, Yohsuke, que era demasiado pequeño para tomar café, ya no tenía motivos para seguir yendo allí.

A finales del verano, seis meses después de la hospitalización de Kinuyo, Kyoko les había dicho que estaba «preparándose». Pero había pasado un mes desde la muerte de su madre y era incapaz de disimular su expresión de dolor.

Nagare no había pretendido que su comentario acerca de que Yohsuke ya no iba a la cafetería desembocara en el tema de la muerte de Kinuyo, así que parecía arrepentido de haberlo hecho.

—Vaya. Perdona que lo haya mencionado —dijo con una ligera reverencia de la cabeza.

Y de repente...

—«¡Oigo el canto del gallo! ¡Quiquiriquí, quiquiriquí, QUIQUIRIQUÍ!».

El enérgico canto de Miki brotaba desde el cuarto trasero.

—¡Ja, ja, ja! —rio Kyoko ante las letras alternativas de la niña.

La atmósfera seria que se había creado se transformó al instante. «Salvada por Miki», debió de pensar Nagare. A Kyoko se le escapó una carcajada estridente.

—Creo que acaba de cruzar un gallo con un ruiseñor bastardo —dijo mirando a Nagare.

Él también parecía pensar lo mismo.

—¡Oye, Miki, estás empezando a cantar unas letras muy raras! —dijo y, con un fuerte suspiro, se encaminó hacia el cuarto trasero.

—Qué mona es Miki a veces —murmuró Kyoko para sí.

—Bueno, tengo que irme... Gracias por el café —anunció Kiyoshi, aprovechando el cambio que se había producido en el ambiente.

Se acercó a la caja registradora con la cuenta, sacó algo de cambio del monedero y lo depositó en la bandeja con una educada reverencia.

—Gracias por el maravilloso consejo de hoy, me ha sido de gran ayuda —dijo y, sin más, se fue.

¡Tolón, tolón!

En la sala solo quedaron Kyoko y Kazu.

—¿Y cómo le va a Yukio? —preguntó la camarera en voz baja mientras recogía las monedas de la bandeja y pulsaba las toscas teclas de la caja registradora.

Yukio era el hermano pequeño de Kyoko. Vivía en Kioto, donde se estaba formando como ceramista. Sorprendida de que hubiera sacado el tema, la aludida se quedó mirando de hito en hito a la camarera durante un instante. Ella se limitó a mantener su habitual expresión distante y le sirvió un poco de agua a Kyoko en el vaso vacío.

«Kazu lo ve todo».

Al darse cuenta de que tendría que explicárselo, dejó escapar un suspiro.

—Yukio no sabía que nuestra madre estaba en el hospital. No me dejó decírselo...

Kyoko cogió el vaso de agua y lo levantó unos centímetros de la barra, pero, en lugar de llevárselo a los labios, lo hizo girar despacio.

—Así que creo que es posible que esté enfadado por eso. Ni siquiera vino al funeral.

Tenía la mirada clavada en la superficie del agua, que permanecía nivelada aun cuando ella inclinaba el vaso hacia uno u otro ángulo.

—Me parece que ha desconectado el teléfono...

De hecho, Kyoko no había podido hablar con Yukio en ningún momento. Lo había llamado al móvil, pero solo había oído «El número marcado no existe», el anuncio que se pone cuando das de baja un número. Había intentado ponerse en contacto con el taller de cerámica en el que trabajaba, pero le dijeron que lo había dejado hacía unos días y que nadie sabía dónde estaba.

—No tengo ni idea de dónde estará ahora mismo...

Durante el último mes, Kyoko había sido incapaz de dejar de pensar en que Yukio ni siquiera se había enterado de que Kinuyo estaba en el hospital (si se lo hubieran ocultado a ella, se habría puesto más que furiosa, y a saber lo que habría dicho o hecho). Estaba tan preocupada que llevaba días sin dormir bien.

Corría el rumor de que esta cafetería permitía que los clientes retrocedieran en el tiempo. Kyoko, por supuesto, había visto a clientes que se habían presentado allí queriendo viajar al pasado, pero jamás había pensado que también a ella pudiese ocurrirle algo que la hiciera querer volver para arreglar las cosas.

Sin embargo, había un pero. Aunque quería arreglar las cosas, sabía muy bien que no podía. El motivo era que, aun en el caso de que viajara al pasado, existía la regla de que «por mucho que te esfuerces mientras estás en el pasado, la realidad presente no puede cambiarse».

En teoría, aunque volviera al día en que ingresaron a Kinuyo y le escribiera una carta a Yukio, la esencia de esta regla impediría que cualquier misiva alcanzara su destino. Y, aun en el caso de que le entregaran la carta, por alguna razón, él nunca la leería. En consecuencia, se enteraría de forma repentina del fallecimiento de Kinuyo sin ni siquiera saber que estaba en el hospital. Furioso, no asistiría a su funeral. Porque así funciona la regla. Y, si no podía cambiar la realidad, no tenía sentido volver al pasado.

—De verdad que entiendo los sentimientos de mi madre, no quería causarle ninguna preocupación a Yukio...

Sin embargo, era precisamente este razonamiento el que había metido a Kyoko en el doble aprieto que ahora le causaba tanta angustia.

—Pero...

Se tapó la cara con ambas manos y empezaron a temblarle los hombros. Kazu no abandonó en ningún instante su papel de camarera y, como en este momento no había una gran demanda de sus servicios, el tiempo pasó en silencio.

—«¡Veo a papá venir de lejos! Puf, puf, puf, puf, bicho pedorro, chirría toda la larga noche otoñal. ¡Qué divertido es escuchar la sinfonía de los insectos!».

Las extrañas letras alternativas de Miki volvieron a oírse desde el cuarto trasero. Pero, esta vez, la risa de Kyoko no retumbó en la cafetería.

Esa noche...

Kazu estaba sola en la cafetería. Bueno, para ser precisos, tanto ella como la mujer del vestido se encontraban en el local. La camarera estaba recogiendo y la otra, como siempre, leyendo su novela tan tranquila. Estaba llegando al final. Ahora ya solo sostenía unas cuantas páginas sin leer con la mano izquierda.

A Kazu le gustaba el rato que debía pasar en la cafetería después de cerrar. Y no porque disfrutara recogiendo o limpiando, sino porque gozaba completando una tarea en silencio, sin pensar en nada. Era la misma sensación que experimentaba al dibujar.

En lo artístico, Kazu era especialmente hábil con el uso del lápiz para dibujar con detalle fotográfico lo que tenía delante. Le gustaba la técnica conocida como hiperrealismo. No obstante, no dibujaba cualquier cosa. Si era algo visible en el mundo real, lo dibujaba. Pero jamás plasmaba algo imaginado ni nada que no pudiera existir. Además, sus dibujos siempre excluían el sentimiento subjetivo. Se limitaba a disfrutar del proceso de representar en un lienzo lo que veía, sin pensar en nada.

¡Pum!

El ruido que hizo la mujer del vestido al cerrar el libro tras haberlo terminado reverberó por todo el local.

Colocó la novela en una esquina de la mesa y tendió la mano hacia la taza de café. Al verla, Kazu sacó otra novela de debajo de la barra y se acercó a ella.

—Es probable que este no sea del todo de tu agrado... —dijo mientras le ponía el libro delante a la mujer y recogía el que ella había dejado sobre la mesa.

Había repetido esta operación una y otra vez, con tanta frecuencia que llevaba a cabo cada movimiento con una rapidez procesal. Pero, mientras lo hacía, su habitual expresión de frialdad quedaba temporalmente sustituida por la de alguien que está a punto de entregarle a una persona especial un regalo escogido con gran mimo, confiando en proporcionarle alegría. Cuando la gente elige un regalo con la esperanza de que el destinatario lo disfrute, tiene en mente la reacción de esa persona especial. Y, cuando lo hacen, a menudo descubren que el tiempo se les ha escapado de repente de entre las manos.

La mujer del vestido no era lo que podría llamarse una lectora rápida. A pesar de que era lo único que hacía, solía terminar un libro más o menos cada dos días. Kazu iba a la biblioteca una vez a la semana y sacaba unas cuantas novelas en préstamo. Estos libros no eran exactamente regalos, pero, para Kazu, suministrárselos era algo más que una «tarea».

Hasta hacía un par de años, la mujer del vestido leía una y otra vez una novela titulada *Amantes*. Un día, Miki comentó:

—¿No se aburre de leer siempre la misma novela?

Y le ofreció su libro ilustrado a la mujer del vestido. Kazu pensó: «¿Y si pudiera complacerla con una novela elegida por mí?», y eso fue lo que la llevó a empezar a proporcionárselas de esta manera.

Como siempre, no obstante, sin darle la menor importancia a la consideración de la camarera, la mujer del vestido se limitó a extender la mano, coger el libro en silencio y bajar la mirada hacia la primera página.

La expectación desapareció de la expresión de Kazu como la arena que cae sin hacer ruido en un reloj de arena.

¡Tolón, tolón!

El cencerro sonó, algo poco habitual, puesto que ya había pasado la hora del cierre y habían colgado el cartel de CERRADO en la puerta. Pero Kazu no se inquietó por quién podría ser; más bien, volvió a meterse detrás de la barra con aire despreocupado y miró hacia la entrada. La persona que entró era un hombre de tez tostada que debía de rondar el final de la treintena. Sobre una camiseta negra de cuello de pico, llevaba una chaqueta marrón oscuro. Los pantalones eran de un color similar y los zapatos, negros. Echó un vago vistazo en torno a la cafetería, con una expresión apagada y melancólica.

—Hola, bienvenido —lo saludó Kazu.

—Eh... Ya está cerrado, ¿no? —preguntó con timidez.

En efecto, resultaba evidente que la cafetería estaba cerrada.

—No importa —respondió Kazu, que le hizo un gesto para que se sentara a la barra.

Tal como le había sugerido, el hombre tomó asiento. Parecía agotado y sus movimientos eran torpes, como a cámara lenta.

—¿Te apetece tomar algo?

—Pues, no...

Por lo general, si un cliente entrase en una cafetería después del cierre y no quisiera pedir nada, resultaría molesto para una camarera. Pero Kazu se limitó a aceptar la respuesta del hombre sin titubear.

—De acuerdo.

Le sirvió un vaso de agua sin decir nada.

—Esto... —Dio la sensación de que él se daba cuenta de que su comportamiento era un poco extraño y se puso nervioso—. Perdona. Pensándolo bien, me gustaría tomar un café, por favor.

—Claro que sí —respondió Kazu, que desvió la mirada educadamente y desapareció en la cocina.

El hombre exhaló un profundo suspiro y echó otro vistazo en torno a la cafetería de color sepia. Se fijó en las lámparas tenues, en el ventilador de techo que giraba con suavidad, en los grandes relojes de pared que marcaban horas en apariencia aleatorias y en la mujer del vestido blanco que leía una novela en un rincón.

Kazu volvió.

—Oye..., ¿es cierto que es un fantasma? —preguntó el hombre de pronto.

—Sí.

Él le había hecho una pregunta muy extraña, pero ella había respondido con toda naturalidad. Muchos clientes acudían a la cafetería por pura curiosidad tras oír su leyenda. Kazu se había acostumbrado tanto a este tipo de conversaciones que ahora le resultaban de lo más normales.

—Ya... —respondió el hombre, que no parecía muy interesado.

La camarera empezó a preparar el café delante de él. Por lo general, utilizaba el sifón. La particularidad del café preparado así es que el agua caliente que hierve en el matraz de la parte inferior burbujea ruidosamente y sube hasta el embudo, donde se convierte en café. Después, el líquido vuelve a descender desde el matraz superior. Kazu disfrutaba viendo la elaboración del café en el sifón.

Sin embargo, por alguna razón, hoy no lo ha elegido, sino que se ha traído la cafetera de goteo de la cocina. También ha cogido el molinillo, con la clara intención de moler los granos en la barra.

El método de elaboración del café mediante goteo era la especialidad de Nagare, el dueño de la cafetería. Se coloca el filtro en el contenedor correspondiente y, despacio, se vierte agua caliente sobre los granos molidos para ir extrayendo el café poco a poco. Por lo general, Kazu pensaba que la cafetera de goteo daba demasiado trabajo.

En silencio, procedió a moler los granos. Ninguno de los dos hablaba. El hombre, dejando así claro que distaba mucho de ser extrovertido, se limitó a rascarse la cabeza, al parecer incapaz de entablar ningún tipo de conversación. El aroma del café no tardó en empezar a invadir el aire.

—Perdón por la espera.

Kazu le sirvió el café ligeramente humeante.

Él permaneció inmóvil, mirando la taza en silencio. Ella comenzó a limpiar con destreza el aparato que tenía delante.

El único ruido que se oía en la sala era el de la mujer del vestido pasando las páginas de su novela. Al cabo de un rato, el hombre alargó la mano para coger la taza. Si hubiera sido un cliente amante del café, en ese momento se habría llenado los pulmones con su aroma, pero, sin alterar la expresión apagada de su rostro, le dio un sorbo torpe. Y entonces...

—Este café... —protestó en voz baja.

Su amargura parecía haberlo sorprendido. Su cara se transformó con las profundas líneas de expresión que se le formaron en el centro de la frente.

El café era de una variedad llamada moca, que se caracteriza por su singular mezcla de un agradable aroma y un sabor ácido-amargo. Nagare estaba obsesionado con este sabor y la cafetería solo servía variedades de moca. Sin embargo, para las personas que no están acostumbradas a beber café, como este hombre, el fuerte y peculiar sabor del café elaborado solo con granos de moca o Kilimanjaro suele resultar desconcertante.

Los nombres de los granos de café derivan, en su mayoría, del lugar donde se cultivan. En el caso del moca, se cultivan en Yemen y Etiopía y llevan el nombre de la ciudad portuaria yemení desde la que se enviaban tradicionalmente. Los del Kilimanjaro se cultivan en Tanzania. A Nagare le gustaba utilizar granos cultivados en Etiopía y había ciertas personas a las que les encantaba su fuerte sabor ácido-amargo.

—Es moca Harrar. Era el favorito de la senséi Kinuyo.

De pronto, al oír las palabras de Kazu, el hombre dio un respingo involuntario y la miró con abierta hostilidad.

Por supuesto, no era el nombre del café lo que lo había sorprendido, sino que la camarera, a la que no había visto en su vida, mencionara el nombre de Kinuyo a pesar de que él ni siquiera le había dicho el suyo.

Se llamaba Yukio Mita, aspirante a ceramista, hijo de Kinuyo y hermano menor de Kyoko. Aunque la madre había sido clienta habitual de la cafetería durante mucho tiempo, él nunca había estado allí. Kyoko, que vivía más o menos cerca, a unos quince minutos en coche, había empezado a frecuentarla después de pasarse por allí a comprar café mientras su madre estaba ingresada. Yukio miró a Kazu con desconfianza, pero ella ni siquiera se inmutó. La sonrisa silenciosa de la camarera hizo evidente, sin necesidad de palabras, que lo había estado esperando.

—¿Cuándo... —comenzó Yukio, que volvía a rascarse la cabeza— has sabido que era su hijo?

No había decidido ocultar su identidad a propósito, pero daba la sensación de que le había molestado.

Kazu siguió limpiando el molinillo de café.

—Me he dado cuenta sin más. Tienes una cara parecida a la suya —le explicó.

Sin saber cómo reaccionar, Yukio se tocó el rostro con la mano. No debía de ser un comentario que le hubieran hecho a menudo, así que no parecía muy convencido.

—A lo mejor es pura coincidencia, pero hoy he visto a Kyoko y nuestra conversación ha girado en torno a ti. O sea que, en parte, ha sido intuición, pero me ha parecido que podrías ser tú...

Al escuchar la explicación de Kazu, Yukio respondió:

—Ah, entendido... —Durante un instante, desvió la mirada—. Encantado de conocerte. Soy Yukio Mita.

Se presentó agachando la cabeza.

Ella le devolvió el gesto con delicadeza.

—Kazu Tokita. Encantada de conocerte —contestó.

—Mamá te mencionaba en sus cartas. Y también me escribía acerca del rumor sobre esta cafetería... —murmuró Yukio al oír el nombre de Kazu.

Se volvió hacia la mujer del vestido.

Carraspeó y se levantó de su asiento junto a la barra.

—Querría volver al pasado, por favor. Me gustaría volver a cuando mi madre aún estaba viva —dijo, inclinando levemente la cabeza.

De pequeño, Yukio era un crío serio que siempre persistía en una sola tarea. Si se le pedía que hiciera un trabajo, nunca se rendía, ni siquiera cuando se lo dejaba sin supervisión. Por ejemplo, cuando se le asignaban tareas de limpieza en el colegio, no las abandonaba aunque todos los demás se pusieran a hacer el tonto.

Tenía una personalidad afable y trataba a todo el mundo con cariño. Como a lo largo de toda la primaria, la secundaria y el bachillerato siempre se relacionó con los niños más callados de su clase, nunca destacó como estudiante. De crío era como un papel pintado aburrido.

El Yukio aburrido tuvo su epifanía ya en bachillerato, durante una excursión a Kioto. Se les había encomendado la tarea de experimentar la artesanía tradicional de dicha ciudad. Entre la cerámica, los abanicos de mano, los sellos y las obras con bambú, él había elegido lo primero. Aunque era novato haciendo girar un torno, la pieza que creó estaba mucho mejor moldeada que las creaciones de los demás alumnos. El profesor de cerámica le dijo: «Nunca he visto una pieza tan bien torneada por los alumnos de este curso. ¡Tienes talento!». Aquellas fueron las primeras palabras de elogio que Yukio recibía en su vida.

Volvió de la excursión con un vago deseo de convertirse en ceramista, aunque no tenía ni idea de qué debía hacer para llegar a serlo. Esta aspiración perduró aun mucho después de regresar del viaje.

Entonces, un día, vio en la televisión a un ceramista de estudio llamado Yamagishi Katsura.

«Soy ceramista desde hace cuarenta años y por fin estoy satisfecho con lo que hago», dijo el hombre.

Mientras contemplaba las piezas que aparecían en la pantalla, Yukio se sintió profundamente conmovido. No era que estuviera insatisfecho con su vida del montón, sino que, desde algún recoveco de su corazón, escuchó: «Quiero encontrar un trabajo al que merezca la pena dedicarle toda la vida». Yamagishi Katsura era una persona a la que Yukio admiraba y en quien aspiraba a convertirse.

Para ser ceramista de estudio podía escoger dos caminos distintos: uno era formarse en una universidad de bellas artes o en una escuela de artes cerámicas; el otro era entrar de aprendiz en un taller.

En lugar de ir a una escuela de artes cerámicas, decidió empezar a trabajar haciendo prácticas a las órdenes de Yamagishi Katsura. A Yukio le había gustado lo que aquel había dicho en la televisión: «Para llegar a

ser de primera, hay que estar en contacto con los que son de primera».
Sin embargo, cuando habló con su padre, Seiichi, sobre su deseo de
dedicarse a la cerámica de estudio, este le dijo: «De los miles o dece-
nas de miles de personas con esa aspiración, en realidad solo un puñado
de individuos con talento consigue poner comida en la mesa siendo ceramista, y yo no veo ese talento en ti». A pesar de la oposición de su padre, Yukio no se rindió. No obstante, era muy consciente de que, si iba a
la universidad o a una escuela de artes cerámicas, sus padres tendrían que
pagarle la matrícula.

No quería que sus afanes egoístas fueran una carga para su familia,
así que decidió formarse como ceramista mientras vivía y trabajaba en
un estudio. Seiichi estaba en contra de la idea, pero al final fue Kinuyo
quien lo convenció, y, en cuanto se graduó en el instituto, Yukio se tras-
ladó a Kioto. El estudio que eligió fue, por supuesto, el de Katsura.

El día en que se fue a Kioto, sus padres lo despidieron desde el andén
del *shinkansen*. Kinuyo le dijo:

—No es mucho, pero...

Y le entregó su libreta de ahorros y su sello identificativo. Yukio sabía que su madre llevaba tiempo ahorrando diligentemente ese dinero;
decía: «Algún día, me gustaría viajar al extranjero con tu padre».

—No puedo aceptarlo —insistió él.

Pero Kinuyo no aceptó un no por respuesta.

—Cógelo. No pasa nada, de verdad.

La campana del *shinkansen* sonó y Yukio no tuvo más remedio que
aceptar el sello y la libreta con una ligera reverencia. Después partió
hacia Kioto. Cuando se quedaron solas en el andén, Kyoko dijo:

—Mamá, vámonos ya.

Pero Kinuyo permaneció en el andén y siguió mirando el tren, que fue disminuyendo de tamaño hasta que desapareció.

☕

—No puedes cambiar el presente mientras estás en el pasado, por mucho que lo intentes, ¿vale?

Kazu había empezado a explicarle las reglas inmutables. Era muy importante enfatizar esta en concreto cuando la persona a la que se iba a visitar ya estaba muerta. El duelo se impone sobre la gente de una forma inesperada. Tener que procesar la pérdida de Kinuyo había sido especialmente repentino para Yukio, ya que nadie le había dicho que estaba ingresada. Pero las palabras de Kazu no alteraron su expresión.

—Sí, lo sé —respondió.

A Kinuyo le habían detectado el cáncer durante la primavera de ese año. Ya estaba avanzado cuando se lo diagnosticaron, así que le dijeron que solo le quedaban seis meses de vida. El médico le comentó a Kyoko que, si lo hubieran descubierto tres meses antes, tal vez podrían haber hecho algo. Sin embargo, debido a la regla que decía que no se puede cambiar el presente, aunque Yukio volviera al pasado para hacer que se lo detectaran antes, el hecho de la muerte de su madre no cambiaría.

Kazu dedujo que Kinuyo debía de haberle hablado bastante de la cafetería a su hijo, pero, aun así, le preguntó:

—¿Quieres que te explique brevemente las reglas de esta cafetería?

Yukio se quedó pensando un momento. Con una voz suave, respondió:

—Sí, por favor.

Kazu dejó de limpiar y empezó a explicar:

—En primer lugar, las únicas personas con las que puedes encontrarte mientras estás en el pasado son aquellas que han visitado la cafetería.

Yukio contestó:

—De acuerdo.

Si la persona con la que el cliente quiere encontrarse solo ha visitado la cafetería en una ocasión o si solo se ha pasado un momento por allí antes de marcharse, entonces las posibilidades de reunirse con ella se reducen. Pero, en el caso de una clienta habitual como Kinuyo, las probabilidades de lograrlo eran muy altas. Teniendo en cuenta que era a ella a quien Yukio pretendía visitar, Kazu no sintió la necesidad de darle más detalles y prosiguió:

—La segunda es la regla que ya te he mencionado antes. Por mucho que te esfuerces, nada de lo que hagas en el pasado cambiará el presente.

Yukio tampoco tenía dudas respecto a esta regla.

—Bien, lo comprendo —respondió enseguida.

—Lo cual nos lleva a la tercera. Para volver al pasado, debes sentarte en ese asiento, en el que está ella...

Kazu se volvió hacia la mujer del vestido. Yukio siguió la trayectoria de su mirada.

—El único momento en el que puedes ocupar esa silla es cuando ella va al baño.

—¿Cuándo irá?

—Nadie lo sabe... Pero siempre va una vez al día...

—Entonces, supongo que solo tengo que esperar, ¿no?

—Exacto.

—Entiendo... —contestó Yukio con una expresión pétrea.

Kazu era una persona de pocas palabras, pero él tampoco le hizo muchas preguntas o comentarios. La explicación avanzaba con rapidez.

—La cuarta regla es que, mientras estés en el pasado, debes permanecer en ese asiento y no apartarte de él bajo ninguna circunstancia. Si levantas el trasero de la silla, volverás forzosamente al presente de golpe.

Si un cliente olvida esta regla, se enfrentará a la infeliz consecuencia de ser devuelto de inmediato al presente y, por tanto, habrá desperdiciado la oportunidad de retroceder en el tiempo.

—La siguiente es la quinta regla. Tu estancia en el pasado dura solo desde que se sirve el café hasta que se enfría.

Kazu estiró el brazo y cogió el vaso de Yukio, que este había vaciado en algún momento a lo largo de su explicación. Sin duda, debía de tener sed, pues daba sorbos con frecuencia.

Las reglas engorrosas no terminaban ahí.

El viaje al pasado solo puede intentarse una única vez.

Pueden sacarse fotos.

Pueden darse y recibirse regalos.

Aunque descubras alguna forma de retener el calor del café, no tendrá ningún efecto y se enfriará de todos modos.

Además, en un reportaje sobre leyendas urbanas publicado en una revista, el establecimiento se hizo famoso como «la cafetería donde se puede viajar al pasado», pero, en principio, también se puede viajar al futuro. Sin embargo, casi nadie quiere hacerlo, ya que, aunque puedes avanzar en el tiempo hasta el lugar exacto al que desees ir, nunca estás seguro de que la persona con la que quieres encontrarte vaya a estar allí. Al fin y al cabo, nadie sabe lo que ocurrirá en el futuro.

Dejando a un lado la desesperación absoluta, no hay ningún motivo para tomarse la molestia, ya que las posibilidades de viajar al futuro y tener la suerte de encontrar a alguien en el estrecho margen de tiempo que transcurre hasta que el café se enfría son muy escasas. Lo más probable es que el viaje sea en vano.

No obstante, Kazu no explicó todo esto. Por lo general, solo exponía cinco reglas. Si le preguntaban por las demás, sí respondía.

Yukio bebió un sorbo del agua que acababa de servirle.

—Según mi madre, si no te tomas todo el café antes de que se enfríe, te conviertes en fantasma. ¿Es verdad? —preguntó mirando a Kazu directamente a los ojos.

—Sí, es cierto —respondió ella con naturalidad.

Yukio apartó la mirada y respiró hondo.

—O sea, en otras palabras, te mueres... ¿Es eso lo que quieres decir? —preguntó, solo como si quisiera asegurarse.

A Kazu nunca le habían pedido que aclarase si convertirse en fantasma equivalía a la muerte.

Hasta entonces, la camarera había sido capaz de responder a cualquier pregunta sin cambiar de expresión. Pero, solo durante ese instante, le flaqueó la compostura. Y de verdad que fue solo un segundo. Después de dejar escapar una exhalación entrecortada, en el tiempo en que tardó en pestañear un par de veces, volvió a adoptar su habitual imagen de frialdad.

—Sí, así es —respondió.

Yukio asintió, al parecer satisfecho con su respuesta.

—Vale, de acuerdo —murmuró como si lo hubiera entendido.

Una vez que terminó de explicar la lista de reglas, Kazu miró a la mujer del vestido.

—Ahora solo tienes que esperar a que se levante de su asiento. ¿Piensas quedarte? —preguntó.

Era su última pregunta, para confirmar si de verdad Yukio tenía intención de seguir adelante con la visita al pasado. Él no dudó.

—Sí —respondió.

Cogió la taza de café. El contenido ya debía de estar frío, pero se lo bebió de un trago. Kazu estiró el brazo y recogió la taza vacía.

—¿Quieres que te la rellene? —preguntó.

—No, gracias —dijo con un gesto de rechazo.

El café que Kinuyo disfrutaba bebiendo a diario no se adaptaba a sus papilas gustativas.

Cuando estaba a medio camino de la cocina, con la taza vacía de Yukio en las manos, Kazu se detuvo en seco.

—¿Por qué no fuiste al funeral? —preguntó, dándole la espalda.

Desde el punto de vista de un hijo que no había asistido al funeral de su madre, no habría sido difícil interpretarlo como una acusación. Era extraño que Kazu formulara una pregunta así.

Yukio frunció un poco el ceño, como si, en efecto, se lo hubiera tomado de tal manera.

—¿Tengo que responder a esa pregunta? —preguntó él a su vez en un tono algo seco.

—No —contestó Kazu con la misma expresión de frialdad de siempre—. Es solo que Kyoko cree que es culpa suya que no fueras...

La camarera le hizo una educada reverencia con la cabeza y desapareció en el interior de la cocina.

En realidad, no era culpa de Kyoko que Yukio no hubiera asistido al funeral. Era innegable que le había costado aceptar la noticia de la muerte de Kinuyo cuando se la habían comunicado, pero la razón más importante era que no podía pagarse el billete de Kioto a Tokio. Cuando le notificaron la muerte de su madre, debía mucho dinero.

Hacía tres años, Yukio, que aún se estaba formando como ceramista, había recibido una oferta de financiación para abrir un estudio. Tener un taller es el sueño de todo aspirante a ceramista. Por supuesto, ansiaba montar uno propio en Kioto algún día. La oferta de financiación procedía del propietario de una empresa mayorista, recién establecida en Kioto, que le compraba productos al ceramista para el que trabajaba Yukio.

Durante los diecisiete años que habían transcurrido desde que se marchó de Tokio, siempre había vivido en un apartamento de diez metros cuadrados sin baño, para ahorrar dinero. Sin lujos, su único objetivo en la vida era alcanzar su sueño.

Su principal motivación era cumplir rápidamente su meta de convertirse en ceramista de estudio para enseñárselo a Kinuyo. Al llegar a los últimos años de la treintena, su impaciencia no había hecho más que crecer. Aceptó la oferta, le pidió prestado el resto del dinero a una empresa de financiación personal, se lo entregó al dueño de la empresa mayorista junto con todos sus ahorros y procedió a prepararse para abrir su estudio. Sin embargo, las cosas no terminaron bien, puesto que el dueño de la empresa mayorista huyó con el dinero que Yukio le había confiado.

Lo habían engañado y el resultado fue devastador. No solo seguía sin tener su estudio de cerámica, sino que, además, ahora había acumulado una enorme deuda. Se sentía como si hubiera caído en un profundo abismo del infierno financiero del que no creía que pudiera escapar. Era una tortura mental.

La preocupación por conseguir hacer los pagos le abrumaba el cerebro a diario, no le dejaba espacio para otras cosas, como por ejemplo el futuro. Lo único que alcanzaba a pensar era: «¿Cómo consigo el dinero? ¿Qué hago mañana para conseguirlo...? ¿Estaría mejor muerto?».

Lo último se le pasó por la cabeza muchas veces. Pero, si moría, la carga del pago recaería sobre su madre, Kinuyo, y eso era algo que quería evitar a toda costa. Solo esa posibilidad se interponía entre él y sus desesperadas ideas de suicidio.

Por esta precaria tensión estaba pasando Yukio un mes antes, cuando se enteró de la muerte de su madre. Al recibir la noticia, oyó que una cuerda muy tensa se rompía en su cabeza.

Cuando Kazu desapareció de su vista, Yukio se sacó tranquilamente el móvil del bolsillo de la chaqueta, le echó un vistazo a la pantalla y suspiró con irritación.

—No hay cobertura... —murmuró mientras miraba a la mujer del vestido.

Un momento después, le brillaron los ojos como si acabara de ocurrírsele algo. Se levantó y, tras calcular con rapidez que la mujer no iba a levantarse aún para ir al baño, salió de la cafetería a toda prisa.

¡Tolón, tolón!

La campana sonó y poco después...

¡Pum!

El ruido que hizo la novela de la mujer al cerrarse resonó por toda la sala. Quizá Yukio acabara de dejar su asiento para salir a llamar a alguien, pero no podría haber elegido peor momento. Aquella se metió el libro bajo el brazo, se levantó sin hacer ruido de su silla y echó a andar hacia el baño.

La cafetería tenía una enorme puerta de madera en la entrada. A la derecha estaba el servicio. Caminando despacio, la mujer del vestido franqueó el arco de la entrada y giró a la derecha.

Clac.

Justo después de que la puerta se cerrara con suavidad, Kazu volvió a la sala vacía desde la cocina.

Yukio se había esfumado. Si Nagare hubiera estado en el lugar de ella en ese instante, lo habría buscado sin descanso. Había llegado el momento: la única oportunidad de viajar al pasado ese día. Pero era Kazu.

Lejos de ponerse frenética, siguió mostrándose indiferente, como si la ausencia del cliente no tuviera ninguna importancia. Se puso a recoger la taza sucia de la mujer del vestido, comportándose como si Yukio no hubiera existido jamás. No parecía tener el más mínimo interés en saber por qué había salido o si iba a volver. Limpió la mesa con un paño y luego se metió en la cocina otra vez para lavar la taza. El cencerro de la puerta sonó.

¡Tolón, tolón!

Yukio volvió a entrar en la sala con las manos vacías y el móvil ya guardado en el bolsillo. Se sentó a la barra, de manera que quedó de espaldas a la silla. Levantó el vaso que tenía delante, bebió un sorbo de agua y exhaló un profundo suspiro, todo ello sin darse cuenta de que la mujer del vestido se había ido.

Kazu salió de la cocina con una jarrita de plata y una blanquísima taza de café colocadas sobre una bandeja. Al verla, Yukio le dijo:

—Acabo de llamar a mi hermana.

Eso explicaba por qué había abandonado su asiento. Su tono de voz indicaba que ya no estaba tan a la defensiva como cuando había contestado a la pregunta de Kazu sobre por qué no había asistido al funeral.

—Ah, ¿sí? —respondió ella en voz baja.

Yukio levantó la mirada hacia la camarera, que tenía delante, y tragó saliva con dificultad. Le pareció que estaba rodeada de una aureola de

tenues llamas de color azul claro y percibió que una atmósfera misteriosa, como de otro mundo, flotaba en la habitación.

—La silla está vacía... —comenzó Kazu.

Yukio por fin se dio cuenta de que la mujer del vestido ya no estaba
en su asiento y exclamó:

—¡Ah!

Mientras se acercaba a la silla ahora desocupada, Kazu le preguntó:

—¿Vas a sentarte?

Yukio continuó mirando al vacío durante un momento, como si aún
lo sorprendiera no haberse dado cuenta de la ausencia de la mujer. Pero,
consciente de la paciente expresión de Kazu, respondió con cierto esfuerzo:

—Sí, voy sentarme.

Se acercó, cerró los ojos en silencio y, tras respirar hondo, se colocó
entre la mesa y la silla.

Ella le colocó la taza de color blanco inmaculado delante.

—Ahora voy a servirte el café —dijo en voz baja.

Su voz tranquila transmitía una seriedad sombría.

—El tiempo que puedes permanecer en el pasado comenzará a contar en el momento en que se llene la taza y debe terminar antes de que se
enfríe el café...

Aunque la camarera ya le había explicado esta regla antes, Yukio no
respondió de inmediato. Tras cerrar los ojos, como si estuviera sumido
en lo más profundo de sus pensamientos, dijo más para sí que para Kazu:

—Bien, lo entiendo.

Ahora su voz sonaba distinta, tenía un tono sutilmente más grave.

Ella asintió, cogió de la bandeja un utensilio de plata de diez centímetros de largo que parecía un agitador y lo introdujo en la taza.

Yukio lo miró con curiosidad.

—¿Qué es? —preguntó, con la cabeza inclinada hacia un lado.

—Por favor, utiliza esto en lugar de una cuchara —explicó con sencillez.

«¿Por qué no me da una cuchara?», se preguntó Yuiko. Pero era consciente de que el mero hecho de escuchar la explicación le estaba restando un tiempo valioso.

—Vale, perfecto —se limitó a responder.

Una vez terminada su explicación, Kazu preguntó:

—¿Comenzamos?

—Sí —respondió él. Se bebió el vaso de agua de golpe y respiró hondo—. Empecemos ya, por favor —añadió en voz baja.

Kazu asintió y, despacio, levantó la jarrita de plata que tenía en la mano derecha.

—Dale recuerdos de mi parte a la senséi Kinuyo —dijo, y a continuación añadió—: Recuerda, antes de que el café se enfríe...

Como si se moviera a cámara lenta, Kazu comenzó a verter el café en la taza. Aunque siguió comportándose con naturalidad, sus movimientos eran hermosos, fluían con la misma impecabilidad que los de una bailarina. A su alrededor, la cafetería entera parecía preñada de tensión, como si se estuviera celebrando una ceremonia solemne.

Del pitón de la jarrita de plata brotó una columna de café finísima que parecía una estrecha línea negra. No se oyó el gorgoteo del café al caer, como se habría oído al servirlo desde la ancha boca de una jarra. En lugar de eso, fluía silenciosamente hacia la brillante taza blanca. Mientras Yukio contemplaba el llamativo contraste del café negro contra la taza blanca, una única voluta de vapor comenzó a elevarse. Justo en ese momento, su entorno empezó a rielar y a ondularse.

Presa del pánico, intentó frotarse los ojos, pero descubrió que era incapaz de hacerlo. Cuando se llevó las manos a la cara, todavía parecían manos; sin embargo, ahora eran vapor. Y no eran solo las manos, sino también el tronco, las piernas, todo él.

«¿Qué está pasando?».

Al principio, lo inesperado de los acontecimientos lo abrumó, pero, tras pensar en lo que vendría a continuación, ya nada le pareció importante. Cerró los ojos despacio mientras todo a su alrededor empezaba a descender poco a poco junto a él.

Yukio recordó a Kinuyo.

De pequeño, había tenido nada más y nada menos que hasta tres roces con la muerte. En todas esas ocasiones, su madre había estado a su lado.

La primera vez fue cuando tenía dos años. Un ataque de neumonía le había provocado una fiebre de casi cuarenta grados y una tos persistente. En la actualidad, ya no es tan difícil recuperarse de una neumonía. Gracias a los avances médicos, ahora existen antibióticos eficaces que la eliminan de raíz. Hoy en día, los médicos saben que sus principales causas en los niños pequeños son las bacterias, los virus y los micoplasmas, y existen métodos claros de tratamiento para cada una de ellas.

Sin embargo, por aquel entonces no era extraño que un médico se limitara a decir: «No puedo hacer nada más. Ahora todo depende de su hijo». En el caso de Yukio, no sabían que su neumonía era bacteriana y, cuando la fiebre alta y la tos intensa continuaron, el médico dijo: «Espere lo mejor y prepárese para lo peor».

La segunda vez estuvo a punto de ahogarse. Un día, cuando tenía siete años, se puso a jugar en la orilla del río. En aquella ocasión, lo reanimaron milagrosamente después de que se le detuvieran tanto la respiración como el corazón. Dio la casualidad de que la persona que lo encontró había trabajado en el parque de bomberos y ambulancias de la localidad y fue capaz de aplicarle de inmediato la reanimación cardiopulmonar que le salvó la vida. Kinuyo estaba en el río con él, pero todo ocurrió en un segundo en el que ella había dejado de mirar a su hijo.

La tercera vez fue en un accidente de tráfico cuando tenía diez años. Iba montado en su flamante bicicleta nueva cuando un coche que había hecho caso omiso de los semáforos lo embistió. El impacto lo hizo salir volando por los aires justo delante de las narices de Kinuyo. Salió despedido a casi diez metros de distancia y tuvieron que llevárselo en ambulancia con múltiples heridas por todo el cuerpo. Estuvo al borde de la muerte, pero, por suerte, no había sufrido daños en la cabeza y, casi como si fuera un milagro, recuperó la conciencia.

Los padres no pueden evitar que sus hijos enfermen, se lesionen o tengan un accidente. En las tres ocasiones, Kinuyo lo cuidó sin dormir ni descansar hasta que se recuperó. Salvo para ir al baño, no se separaba de él en ningún momento, le sostenía la mano entre las suyas como si estuviera rezando. A su marido y a sus padres les preocupaba que acabara consumida y la animaban a descansar, pero ella no les hacía caso. El amor de un padre o una madre por su hijo es inagotable. Sus niños siguen siendo sus niños, da igual la edad que tengan. Para Kinuyo, ese sentimiento no cambió jamás, ni siquiera cuando Yukio se marchó de casa con la aspiración de convertirse en un ceramista célebre.

Se había hecho aprendiz de aquel famoso ceramista. Recibía comida y alojamiento gratuitos en su casa, pero el acuerdo era que trabajaría sin cobrar. Así que, después de pasarse el día en el taller de cerámica, ganaba algo de dinero trabajando en una tienda de alimentación o en sitios como un bar *izakaya* por la noche. A los veinte años no le costaba llevar ese estilo de vida, pero a los treinta se convirtió en algo físicamente agotador. El estudio empezó a pagarle un pequeño salario, pero, incapaz de seguir compartiendo una habitación para siempre, alquiló un apartamento, y eso le hizo la vida mucho más difícil de inmediato.

A pesar de todo, siempre ahorraba un poco para tener su propio taller de cerámica en el futuro. De vez en cuando, Kinuyo le enviaba una caja de precocinados junto con una carta, lo que lo ayudaba a complementar sus comidas.

Algunas semanas le quedaban tan solo mil yenes para gastar. Todas las demás personas de su edad tenían un trabajo normal y hacían cosas de adultos, como enamorarse y comprarse coches nuevos. Pero Yukio estaba delante del horno llenándose de humo y hollín. Amasaba su arcilla y soñaba con el día en que sería un aclamado ceramista con su propio estudio.

En muchos momentos sintió ganas de abandonar, lleno de dudas sobre su talento. Tenía más de treinta años y no creía que pudiera seguir trabajando en empleos ocasionales. Si quería encontrar algo decente, más le valía dejarlo pronto: con un clima laboral tan complicado, ninguna empresa iba a contratarlo después de los cuarenta. De hecho, ya iba a resultarle difícil. ¿Cuánto tiempo más podía seguir así?

¿Cuánto iba a tardar en convertirse en un ceramista de éxito con su propio estudio? La incertidumbre de su futuro lo inquietaba. La suya era una vida sin garantías. Con el matrimonio descartado, para él cada día era una lucha con la arcilla.

Sin embargo, aún se aferraba a la delgada hebra de esperanza de que algún día cumpliría su sueño y haría que su madre se sintiese orgullosa. Saber que había una persona que se deleitaría con su éxito le bastaba. Aunque la sociedad se burlara y se riera de él, al menos sabía que Kinuyo creía en su hijo.

Pero... ni en su peor pesadilla se había imaginado que le estafarían hasta el último céntimo y que entonces pasaría a tener una deuda enorme.

La noticia de la muerte de Kinuyo le llegó cuando estaba en su peor momento: justo cuando más necesitaba el apoyo de alguien. Lo hundió en las oscuras profundidades de la desesperación. ¿Por qué en un momento tan cruel? ¿Por qué tenía tan mala suerte?

¿Para qué habían servido todos sus esfuerzos? ¿Para qué había vivido durante todo este tiempo? El libro de Maurice Maeterlinck *El pájaro azul* contaba una historia similar. Los protagonistas, unos niños llamados Tyltyl y Mytyl, se encuentran en el «Reinado del Futuro» con otro niño que está destinado a no traer a este mundo nada salvo tres enfermedades: coge la escarlatina, la tosferina y el sarampión poco después de nacer y muere. Yukio recordaba la tristeza que había sentido al leer este libro de pequeño. Si ese tipo de destino era inalterable, ¡qué injusta era la vida! Si la gente no tenía el poder de alterar un sino inmerecido, entonces no entendía qué razones tenían para vivir.

Cuando Yukio volvió en sí, tenía los ojos húmedos. No se dio cuenta de que eran lágrimas hasta que se limpió con las manos las que le rodaban por las mejillas. Sus miembros, hacía un rato vaporosos, habían vuelto al mundo corpóreo, y su entorno, que antes titilaba mientras descendía a su lado, había dejado de moverse en algún momento.

Rum, rum-rum...

Al oír el ruido de los granos de café al molerse, se volvió para mirar hacia la barra. El ventilador de techo que giraba, las lámparas con pantalla, los grandes relojes de pared..., nada había cambiado con respecto a hacía unos segundos. Pero la persona que había detrás de la barra era distinta. Yukio no había visto nunca a este gigante de ojos almendrados que molía café. Ellos eran las únicas personas presentes en la sala. La duda se apoderó de él al instante.

«¿De verdad he vuelto al pasado?».

No se le ocurría cómo asegurarse. Desde luego, Kazu, la camarera, ya no estaba allí y ahora había un gigante que no conocía detrás de la barra. Su cuerpo se había convertido en vapor y había visto que todo su entorno fluía cayendo a su lado. Sin embargo, eso no era suficiente para convencerlo de que había viajado en el tiempo.

El hombre que estaba detrás de la barra continuaba moliendo granos de café con aire despreocupado, sin inmutarse por la aparición de Yukio. A pesar de que este era un extraño para él y de que había aparecido de repente en esa silla, actuaba como si todo fuera de lo más normal. Ni siquiera mostraba interés en hablar con él, y a Yukio le parecía muy bien. No estaba de humor para llegar a este lugar y responder a una avalancha de preguntas. Pero sí quería saber si había regresado, como deseaba, a una época en la que su madre estaba viva.

Kyoko le había dicho que a Kinuyo la habían ingresado hacía seis meses, en primavera. Tenía que preguntar en qué mes y en qué año estaban.

—Esto... —comenzó antes de que lo interrumpieran...

¡Tolón, tolón!

—Hola.

La cafetería estaba distribuida de tal manera que durante un instante, justo después de que sonara el cencerro, no se sabía quién había entrado. Pero Yukio supo de inmediato a quién pertenecía aquella voz.

«Mamá...».

Tras observar durante unos segundos la entrada cercana a la caja registradora, vio a Kinuyo entrar cojeando, apoyándose en el hombro de Yohsuke.

—Ah...

En cuanto vio a su madre, volvió la cara hacia otro lado para que ella no lo viera. Se mordió el labio.

«¿He llegado justo antes de que la ingresaran?».

Hacía cinco años que había visto a Kinuyo en persona por última vez. En aquel entonces, todavía estaba en forma y sana. No necesitaba el hombro de nadie para ayudarse a caminar. Pero ahora, cuando había aparecido ante él, la había visto terriblemente estropeada. Tenía los ojos hundidos y la cabeza cubierta de canas. La mano que le agarraba Yohsuke tenía venas bulbosas y todos y cada uno de sus dedos parecían bastones finos. La enfermedad ya le había consumido el cuerpo.

«¡Está muy frágil! No tenía ni idea...».

A Yukio se le había quedado paralizado el rostro, era incapaz de levantar la vista.

El primero en percatarse de su presencia fue Yohsuke.

—Abuela...

El niño le habló a Kinuyo con suavidad al oído mientras la ayudaba a volverse despacio hacia Yukio. El crío, que adoraba a su abuela, se había convertido en sus manos y sus pies y sabía respaldar su fragilidad.

Cuando ella vio que era su hijo a quien su nieto miraba, abrió los ojos como platos.

—Ay, madre mía... —dijo en voz baja.

Yukio reaccionó a su voz y por fin levantó la vista.

—¡Tienes buen aspecto! —exclamó.

Su tono era más alegre que el que había empleado para hablar con Kazu.

—¿Qué pasa? ¿Por qué has venido?

Kinuyo parecía muy sorprendida de que su hijo, que en principio estaba en Kioto, hubiera aparecido de repente en esta cafetería. Pero le brillaban los ojos de alegría.

—Quería hablarte de una cosilla —dijo, devolviéndole la sonrisa.

Kinuyo le dio la gracias a Yohsuke susurrándoselas al oído y se encaminó sola hacia la mesa a la que estaba sentado Yukio.

—Nagare, ponme un café, por favor —pidió con educación—. Me lo tomaré aquí.

—Marchando un café —contestó el dueño.

Antes de que se lo hubiera siquiera pedido, el gigante ya había puesto en el filtro los granos que acababa de moler. Solo tenía que verter el agua caliente y humeante sobre ellos y el café estaría hecho.

Como Kinuyo siempre iba a la cafetería a la misma hora, había molido los granos para coincidir con su llegada. Yohsuke se desplomó en uno de los asientos de la barra frente a Nagare.

—¿Y qué va a tomar el joven Yohsuke?

—Un zumo de naranja.

—Muy bien, un zumo de naranja.

Tras anotar el pedido, cogió el cazo y empezó a verter agua caliente sobre los granos molidos del contenedor del filtro, que tenía la forma de la letra «e».

La aromática fragancia del café empezó a flotar por el local. La sonrisa jubilosa de Kinuyo dejó claro lo mucho que adoraba este momento. Dejó escapar un ruidoso «¡Uf!» al sentarse en la silla que Yukio tenía enfrente.

Ella era clienta habitual de la cafetería desde hacía décadas. Así que, como no podía ser de otra manera, conocía bien las reglas. A esas alturas ya debía de tener claro, sin necesidad de que nadie se lo dijera, que su hijo había venido del futuro. Yukio deseaba con todas sus fuerzas evitar decirle la razón por la que había ido.

«He venido a ver a mi madre muerta...».

Le resultaba imposible pronunciar esas palabras. Enseguida sintió la necesidad de decir algo.

—Estás más delgada, ¿no?

En cuanto acabó la frase, se maldijo por haberle dicho algo así.

Yukio no sabía si ya le habían diagnosticado el cáncer, pero era el periodo previo a su ingreso en el hospital... Claro que había adelgazado. Convertir su enfermedad en el tema de conversación era justo lo que quería evitar. Se le estaba formando un charco de sudor en los puños cerrados.

Pero Kinuyo se limitó a responder:

—Ah, ¿sí? Me alegra que me lo digas.

Se puso ambas manos en las mejillas y de verdad parecía haberse alegrado de oírlo. Al ver su reacción, el hijo pensó: «A lo mejor todavía no sabe que tiene cáncer».

A veces la gente no lo averigua hasta que ya está en el hospital. Su reacción era perfectamente comprensible si no sabía lo de su enfermedad. Para Yukio fue un alivio.

Se relajó un poco. Hizo todo lo posible por continuar la conversación en un tono informal y normal.

—¿En serio? ¿Todavía te alegra que te diga algo así, a estas alturas?

Soltó una risa burlona. Pero la expresión de Kinuyo era seria.

—Sí, claro —respondió ella—. Tú también estás muy delgado —añadió.

—Vaya..., ¿tú crees?

—¿Estás comiendo bien?

—Sí, por supuesto. Últimamente, hasta me hago yo la comida.

Yukio no se había alimentado como es debido ni una sola vez desde que le habían comunicado la muerte de su madre.

—¿De verdad?

—Sí, quédate tranquila, mamá, ya he dejado de vivir de fideos precocinados.

—¿Y qué me dices de lo de lavarte la ropa?

—Pues claro que me lavo la ropa.

Llevaba casi un mes sin quitarse la que llevaba puesta.

—Me da igual lo cansado que estés, siempre tienes que hacer el esfuerzo de dormir en un futón.

—Sí, lo sé.

Ya había cancelado el contrato de alquiler de su apartamento.

—Si necesitas dinero, no se lo pidas prestado a nadie. Cuéntamelo, ¿vale? No tengo mucho, pero puedo darte un poco.

—No necesito dinero...

El día anterior había terminado de presentar los papeles de la bancarrota. No cargaría ni a Kinuyo ni a Kyoko con una deuda enorme.

Yukio solo quería verle la cara a su madre por última vez.

Si fuera posible cambiar el presente retrocediendo en el tiempo, Yukio no habría elegido este final. Habría hecho cuanto estuviera en su mano para que su madre, sentada frente a él, recibiera el mejor tratamiento hospitalario. Le habría explicado las circunstancias al hombre corpulento que había detrás de la barra y que no conocía de nada y le habría rogado que tomara alguna medida.

No obstante, lo cierto era que ninguno de sus deseos se haría realidad. Su vida había perdido todo el sentido. La única razón por la que se aferraba a ella era que no quería romperle el corazón a Kinuyo. Ese único y poderoso sentimiento que tenía dentro lo hacía seguir adelante, a pesar de que lo hubieran engañado hasta sumirlo en una vida de dificultades interminables. Había decidido no morir mientras su madre siguiera con vida.

Pero, en el presente, Kinuyo ya no estaba...

Se dirigió a su madre hablándole con el rostro en paz:

—Ya puedo abrir mi propio estudio. Voy a trabajar por mi cuenta como ceramista.

—¿En serio?

—Sí, no te engaño.

—Qué maravilla.

Las lágrimas comenzaron a brotar de los ojos de Kinuyo.

—Oye, que no es razón para llorar —dijo Yukio al mismo tiempo que le pasaba una servilleta de papel.

—Es que...

No le salieron más palabras.

Mientras contemplaba la cara llorosa de su madre, Yukio se sacó algo con calma del interior de la chaqueta.

—Bueno, el caso es que, toma... —dijo, y lo dejó delante de ella.

Eran la libreta de ahorros y el sello identificativo que ella le había dado cuando se marchó a Kioto.

—Creí que lo necesitaría si las cosas se ponían difíciles, pero al final no lo he usado...

Por más que se le hubiera complicado la vida, jamás se había atrevido a utilizarlos. Ese dinero estaba lleno de los deseos de su madre, que, sin dudar de su éxito en ningún momento, había creído en él cuando se habían despedido. Pensaba devolvérselo cuando triunfara como ceramista.

—Pero ese dinero...

—No, no pasa nada. El mero hecho de saber que estaba ahí me ha permitido superar los momentos difíciles, por muy mal que se me pusieran las cosas. Me ha dado la fuerza necesaria para seguir adelante. He seguido esforzándome siempre para devolvértelo en algún momento, mamá. —Eso no era mentira—. Por favor, quiero que lo aceptes.

—Oh, Yukio...

—Gracias.

Le dedicó una profunda reverencia.

Kinuyo cogió la libreta y el sello que su hijo le tendía y se los llevó al pecho.

«Bueno, ya me he quitado la última carga de encima. Ahora solo tengo que esperar a que se enfríe el café».

Yukio no tenía la menor intención de regresar al presente.

Desde que se había enterado de la muerte de Kinuyo, no había pensado en otra cosa que no fuera este momento. No podía morirse sin más. Si dejaba la deuda pendiente, le generaría muchos problemas a su familia.

Durante el último mes, había preparado con ahínco todo lo necesario para declararse en bancarrota. Aunque no había podido asistir al funeral porque ni siquiera tenía dinero para el billete de autobús o de tren, había trabajado de peón todos los días hasta ganar lo suficiente para contratar a un abogado y pagarse el viaje hasta la cafetería. Todo había sido para este instante.

Como si todas las cuerdas tensas que lo mantenían unido se hubieran desatado de golpe, sintió que no le quedaba ni el más mínimo resquicio de fuerza en el cuerpo. Puede que llevar un mes sin apenas dormir también influyera. Su fatiga había llegado al límite. Ahora, todo terminaría.

«Por fin».

Sintió satisfacción...

«Ahora, todo es mucho más fácil».

...y cierta liberación.

Cuando de pronto...

«Pi-pi-pi-pi-pi-pi-pi-pi...».

El suave pitido de una alarma brotaba de su taza. Yukio no sabía a qué propósito respondía, pero, cuando lo oyó, se acordó de las palabras de Kazu. Sacó el agitador que pitaba.

—Esto me recuerda que la camarera de este sitio me ha pedido que te dé recuerdos...

Le transmitió a Kinuyo el mensaje que aquella le había confiado.

—¿Te refieres a Kazu?

—Eh..., sí.

—Ah...

La expresión de la madre se ensombreció durante un breve instante. Pero luego cerró los ojos y respiró hondo y enseguida volvió a mirar directamente a Yukio con una sonrisa.

—Oye, Kinuyo... —llamó Nagare desde detrás de la barra.

La mujer le devolvió la mirada. Con una amplia sonrisa, tan solo le dijo:

—Lo sé.

Desconcertado ante este intercambio, Yukio estiró la mano para coger la taza y beber un sorbo.

—Uy, qué rico —mintió.

El fuerte sabor ácido y amargo no era de su agrado.

Kinuyo lo miró con ojos amables.

—Es muy buena chica, ¿verdad?

—¿Quién?

—Kazu, tonto.

—¿Kazu? Ah, sí, claro.

Yukio volvió a mentir. No le quedaba espacio en la cabeza para sopesar la personalidad de la camarera.

—Es capaz de ver los verdaderos sentimientos de la gente. Siempre piensa en la persona que se sienta en esa silla.

Yukio no tenía la menor idea de qué pretendía decirle Kinuyo con todo esto. Pero, como pensaba permanecer sentado hasta que el café se enfriara, no le importaba de qué hablara su madre.

—Había una mujer con un vestido blanco sentada en esa silla, ¿verdad?

—¿Una mujer? Ah, sí, tienes razón.

—Viajó al pasado para ver a su difunto marido, pero ya no volvió...

—¿En serio?

—Nadie sabe qué tipo de conversación mantuvieron. Pero, aun así, a nadie se le pasó por la cabeza que quizá la mujer no volviera jamás.

Yukio se dio cuenta de que, detrás de la barra, Nagare se había quedado inmóvil, con la cabeza gacha.

—Fue Kazu quien le sirvió el café. Acababa de cumplir siete años.

—Anda, vaya... —murmuró él, que no aparentaba mucho interés.

No entendía por qué Kinuyo quería contarle esto ahora.

El rostro de su madre entristeció al oír su respuesta.

—Imagínate, ¡tu propia madre, nada más y nada menos! —dijo en un tono un poco más severo.

—¿Cómo?

—¡La mujer que no volvió era la madre de Kazu!

El cambio que se produjo en su semblante dejó entrever que hasta Yukio se había sentido conmovido por estas palabras.

Era muy cruel que una niña que aún necesitaba el amor de su madre tuviera que pasar por algo así. Resultaba doloroso solo imaginarlo. Pero, aunque aquello despertó cierta empatía en su interior, no le hizo tener más ganas de volver al futuro.

Se preguntó qué relación guardaría esta conversación con el agitador.

Empezó a plantearse la pregunta de forma imparcial.

Kinuyo levantó el útil del platillo.

—Así que, verás, desde entonces, Kazu coloca esto en la taza de todo aquel que vuelva a visitar a una persona que ya ha muerto —le explicó mientras lo agitaba—. Suena antes de que el café se enfríe.

—Ah...

Yukio se puso pálido.

«Pero eso significaría que...».

—Por eso Kazu te ha pedido que me dieras recuerdos.

«Prácticamente, la camarera le estaba diciendo a mi madre que iba a morirse».

—¿Qué? ¿Por qué ha hecho una cosa así? ¿Qué derecho tiene a decírtelo? ¿Cómo va a hacerte sentir?

Yukio seguía sin entender el motivo de la acción de Kazu.

«¡No era asunto suyo!».

Una clara expresión de enfado le tiñó el rostro.

Kinuyo, en cambio, mantuvo la calma.

—Lo que ha hecho... —le explicó en voz baja y con una sonrisa muy alegre que Yukio no le había visto nunca; desde luego, Kinuyo no mostraba el menor rastro de miedo ni de ninguna otra emoción que cabría esperar en ella después de enterarse de la noticia de su muerte a través del mensaje de Kazu— ha sido asignarme una última tarea, una que solo yo puedo desempeñar.

Yukio recordó que, cuando su madre hablaba de las veces que él había estado a punto de morir, solía decir con los ojos llenos de lágrimas: «No podía hacer nada por ti». Tanto en el caso de la enfermedad como en el de los accidentes, su madre nunca había logrado olvidar el tormento de la espera y la impotencia.

—Es hora de que vuelvas al futuro... —dijo Kinuyo con suavidad y una sonrisa.

—No, no quiero.

—Hazlo por mí. Yo creo en ti.

—No.

Yukio sacudió la cabeza de manera exagerada.

Kinuyo se llevó a la frente la libreta de ahorros y el sello identificativo que su hijo le había dado.

—Me quedaré con esto. Está lleno de tus deseos. Me lo llevaré a la tumba sin usarlo —dijo, y le hizo una reverencia muy profunda con la cabeza.

¡Tolón, tolón!

—Mamá...

Kinuyo levantó la cabeza y miró a Yukio con una sonrisa tierna.

—No hay mayor sufrimiento que el de un padre o una madre incapaz de salvar a un hijo que quiere morir.

A la mujer empezaron a temblarle los labios.

—Lo siento...

—No pasa nada.

—Perdóname.

—Bien, y ahora... —dijo Kinuyo mientras empujaba la taza muy ligeramente hacia él—, ¿le darás las gracias a Kazu de mi parte?

Yukio intentó decir: «De acuerdo», pero no le salieron las palabras. Tragó saliva y agarró la taza con las manos temblorosas. Levantó la ca-

135

beza y, con la visión ahora borrosa, vio a Kinuyo sonriéndole, también llorando.

«Mi niño precioso...».

Lo dijo con una voz demasiado suave para que él la oyera, pero eso fue lo que susurraron sus labios. Como si le hablara a un recién nacido.

Para un padre o una madre, un hijo es su niño para siempre. Kinuyo, sin esperar jamás nada a cambio, no era más que una madre que deseaba que su hijo fuera feliz, colmarlo de amor.

Yukio creía que, cuando él muriera, todo acabaría. Pensaba que ese hecho no afectaría de ninguna manera a su madre, puesto que ya estaba muerta. Pero se había equivocado. Incluso después de haber muerto, Kinuyo seguía siendo su madre. Los sentimientos no cambiaban.

«Habría disgustado a mi madre muerta...».

Yukio se bebió el café de un trago. El sabor ácido y amargo propio del moca le llenó la boca. El mareo volvió y su cuerpo empezó a convertirse en vapor.

—¡Mamá! —gritó.

Ya no sabía si su voz seguía llegándole a Kinuyo, pero la de ella le llegó con claridad.

—Gracias por venir a verme...

Todo lo que rodeaba a Yukio comenzó a flotar y a caer junto a él. El tiempo comenzó a moverse del pasado al futuro.

«Si la alarma no hubiera sonado en ese momento... y hubiese esperado a que el café se enfriara, le habría roto el corazón a mi madre justo al final...».

Su sueño era convertirse en ceramista y tener su propio taller. Había soportado muchos y largos años sin reconocimiento, cautivo del sueño

del éxito. Luego lo habían engañado y se había sumido en una desesperación profunda, incapaz de ver por qué solo su vida era tan infeliz. Pero
había estado a punto de causarle a su madre un sufrimiento aún mayor
que el que él había experimentado...

«Muy bien, seguiré viviendo... pase lo que pase...».

«Viviré por mi madre, que nunca dejó de desear mi felicidad, ni siquiera al final...».

La conciencia de Yukio fue desvaneciéndose poco a poco mientras lo
transportaban a través del tiempo.

Cuando volvió en sí, Kazu era la única persona aparte de él que había en
la cafetería. Había regresado al presente. Unos segundos después, la mujer del vestido volvió del baño. En silencio, se acercó a él y lo miró con el
ceño fruncido.

—¡Largo!

Aún sorbiéndose la nariz, le cedió lentamente el asiento. Ella se sentó sin decir nada, apartó la taza que había utilizado Yukio y luego se puso
a leer su novela como si no hubiera pasado nada.

«Es como si toda la cafetería resplandeciera».

Lo asaltó una sensación misteriosa. La iluminación no era más intensa. Sin embargo, ahora lo veía todo con otros ojos. Su desesperación ante
la vida se había transformado en esperanza. Su perspectiva había cambiado de una forma irreconocible.

«El mundo no ha cambiado, he sido yo...».

Sin apartar la vista de la mujer del vestido, reflexionó sobre lo que acababa de vivir. La camarera retiró su taza y le sirvió otro café a la mujer del vestido.

—Kazu... —dijo dirigiéndose a su espalda—, mi madre me ha pedido que te dé las gracias.

—Ah, ¿sí?

—Sí, y yo también debería dártelas...

Tras pronunciar estas palabras, le hizo una reverencia muy profunda. Ella se marchó a la cocina para lavar la taza que él acababa de utilizar. Cuando la perdió de vista, Yukio sacó despacio un pañuelo para limpiarse la cara empapada de lágrimas y sonarse la nariz.

—¿Cuánto es? —le preguntó a Kazu.

Ella salió enseguida y empezó a leer la cuenta en voz alta junto a la caja registradora.

—Un café más el recargo por haberte atendido fuera de horario. Son cuatrocientos veinte yenes, por favor —contestó mientras pulsaba las pesadas teclas con el rostro impávido.

La mujer del vestido seguía leyendo como si no hubiera pasado nada.

—Muy bien..., aquí tienes.

Le entregó un billete de mil yenes.

—¿Por qué no me dijiste lo de la alarma? —preguntó.

Kazu cogió el dinero y volvió a pulsar las teclas toscas.

—Ah, lo siento, se me debió de olvidar explicártelo —respondió con una expresión fría y una ligera reverencia.

Yukio sonrió, parecía genuinamente feliz.

«Lin-lin, lin-lin, lin-lin...».

Desde algún rincón les llegó el canto de un grillo de campana.

Como alentado por el chirrido, Yukio comenzó a hablar mientras ella le dejaba el cambio en la palma de la mano.

—Kazu..., mi madre me ha dicho que espera que tú también encuentres la felicidad —dijo, y salió a toda prisa de la cafetería.

Kinuyo no había pronunciado esas palabras. Pero, teniendo en cuenta las circunstancias de la camarera, no le costaba imaginársela diciendo algo así.

¡Tolón, tolón!

Cuando Yukio se marchó, Kazu y la mujer del vestido se quedaron a solas. El cencerro todavía resonaba con suavidad. Cogió un paño y empezó a limpiar la barra.

—«Chirrían toda la larga noche otoñal. ¡Qué divertido es escuchar la sinfonía de los insectos!».

Kazu canturreaba para sí en voz baja. Como si quisiera responderle, chirrió el grillo de campana: «Lin-lin, lin-lin».

La tranquila noche otoñal avanzaba lentamente...

3

Amantes

Había un hombre del pasado sentado en *esa silla*.

En esta cafetería no solo se podía retroceder en el tiempo, sino también visitar el futuro. Sin embargo, en comparación con el número de personas que deciden volver al pasado, casi nadie decide aventurarse hacia el futuro. ¿Por qué? Bueno, mientras que uno puede viajar al pasado y aspirar a coincidir con la persona con la que quiere reunirse, esto, sencillamente, no es posible cuando se va al futuro. Las probabilidades de encontrarse en la cafetería con una persona concreta en un momento determinado del futuro están plagadas de incertidumbre.

Por ejemplo, aunque se fije una fecha, ese día podrían ocurrir todo tipo de cosas que dificultaran el desplazamiento de esa persona hasta la cafetería. El tren podría retrasarse. Podría surgir algo urgente en el trabajo; podrían cortar una carretera; podría llegar un tifón; la persona podría ponerse enferma... El caso es que nadie sabe qué obstáculos le esperan. Por lo tanto, las probabilidades de viajar al futuro y encontrarse con la persona adecuada son muy bajas.

Sin embargo, allí, en la cafetería, había un hombre venido del pasado. Se llamaba Katsuki Kurata. Llevaba unos pantalones cortos hasta la rodilla y una camiseta, además de unas sandalias de playa. La cafetería, por el contrario, estaba decorada con un árbol de Navidad artificial que casi rozaba el techo. Ocupaba un lugar privilegiado en el centro de la sala; habían tenido que apartar la mesa del medio para hacerle sitio en esta diminuta cafetería con capacidad para nueve clientes. El árbol lo había comprado Kei, la esposa de Nagare Tokita, antes de morir, como una muestra de afecto hacia su querida hija Miki (quería dejar tras de sí algo que pudiera decorar cada año).

Hoy era 25 de diciembre, el día de Navidad.

—¿No tienes frío así vestido? —preguntó Kyoko Kijima, que estaba sentada a la barra junto a Miki.

Estaba medio preocupada, medio muerta de risa por lo poco apropiado que resultaba el atuendo de Kurata para la época navideña.

—¿Quieres una manta o algo así? —le ofreció Nagare tras asomar la cabeza por la puerta de la cocina, pero aquel, con un rápido gesto de la mano, le respondió:

—Estoy bien. No tengo nada de frío. Pero ¿me pondríais un vaso de agua fría, por favor?

—Por supuesto, marchando un agua fría —dijo Kazu Tokita desde detrás de la barra.

En cuanto acabó de hablar, se dio la vuelta, sacó un vaso de la estantería, lo llenó de agua y se dirigió con paso ligero hacia Kurata.

—Gracias —dijo él, que lo cogió y se lo bebió de un solo trago.

—¡Terminé! —exclamó en tono alegre Miki, que tenía un bolígrafo en la mano.

Sentada a la barra junto a Kyoko, acababa de escribir un deseo en un papel doblado en vertical conocido como *tanzaku*.

Mientras lo sostenía en alto, aquella le preguntó, intentando mirarlo a hurtadillas:

—¿Qué has pedido esta vez?

—«Deseo que los pies de papá empiecen a oler bien» —leyó Miki con brío.

A Kyoko, que lo encontró terriblemente divertido, se le escapó una pequeña carcajada. La niña, también riendo, se bajó del asiento y se acercó a colgar el deseo entre los demás adornos del árbol de Navidad. Era un momento un tanto extraño para ponerse a escribir un *tanzaku*, pues es algo que suele hacerse el 7 de julio, cuando se celebra la festividad de Tanabata. El árbol ya estaba engalanado con unos cuantos deseos más escritos por la niña, y su contenido era variado. Nagare era, con mucho, el tema más común. Aparte de lo de los «pies malolientes», Miki deseaba que fuera «más bajo» y que dejara de ser «tan gruñón». Kyoko tenía que contener la risa a menudo.

Escribir deseos en un *tanzaku* y colgarlos en el árbol de Navidad no era una actividad habitual en la cafetería. Al ver a Miki practicando su caligrafía, Kyoko le había propuesto: «¿Por qué no escribes deseos y decoras el árbol con ellos?».

Kazu, que por lo general no se reía tanto, también se estaba aguantando la risa. La atmósfera alegre hizo sonreír incluso a Kurata, el hombre del pasado.

—Deja de escribir tonterías —refunfuñó un exasperado Nagare mientras salía de la cocina cargado con una caja cuadrada, de unos veinte centímetros.

Contenía la tarta de Navidad, elaborada por él, que había encargado Kyoko.

Miki lo miró y soltó una risita; luego se volvió hacia el *tanzaku* que colgaba del árbol, juntó las palmas de las manos y rezó a la manera sintoísta tradicional. ¿Era Navidad o el festival Tanabata? ¿O es que fingía estar de visita en un santuario? Todo era muy confuso.

—Vale, siguiente... —dijo Miki, muy lejos de haber terminado, cuando se puso a escribir de nuevo.

—Uf, otra vez no... —suspiró Nagare. Tras meter la caja de la tarta en una bolsa de papel, dijo—: Esto es para Kinuyo...

Y añadió un café para llevar en una bolsa de papel más pequeña.

—¿Cómo? —comenzó Kyoko.

A su madre, Kinuyo, que había muerto ese mismo año hacia finales de verano, siempre le había gustado mucho el café de Nagare; había seguido bebiéndolo a diario incluso cuando ya estaba en el hospital.

—Gracias —añadió en voz baja y con lágrimas en los ojos.

Aquel amable detalle de añadir el café que tanto le gustaba a Kinuyo, aunque ella no lo hubiera pedido, la había conmovido.

La pérdida.

Es parte de la vida y hacer el duelo nos permite no olvidar. Quizá, en el caso del gran árbol de Navidad que Kei había dejado tras ella, este no solo encarnase su deseo de que no la olvidaran nunca, sino que también fuera una señal de que siempre velaría por ellos. En cuanto a la forma en que se usaba, bueno, era poco convencional. Pero, si Miki lo disfrutaba, no cabía duda de que se estaba utilizando de acuerdo con los deseos de Kei.

—¿Cuánto me has dicho que era? —preguntó Kyoko mientras se enjugaba una lágrima.

Nagare entornó aún más los ojos, quizá avergonzado.

—Pues... dos mil trescientos sesenta yenes —respondió en voz baja.

Kyoko se sacó el dinero del bolso.

—Aquí tienes —dijo.

Le entregó un billete de cinco mil yenes y trescientos sesenta yenes en monedas.

Nagare cogió el dinero y pulsó las toscas teclas de la caja registradora.

—Por cierto —dijo el dueño de la cafetería, y luego se quedó callado un instante—. Se muda de nuevo a Tokio, ¿verdad? ¿Cómo se llamaba? Yukio, ¿no? —le preguntó.

Se refería al hermano pequeño de Kyoko, que se había trasladado a dicha ciudad para convertirse en ceramista de estudio.

—¡Sí, vuelve a casa! Ha pasado una racha bastante mala, pero ahora ha encontrado trabajo.

A Yukio le había costado mucho encontrar un empleo decente. Había dedicado toda su adultez, hasta casi los cuarenta años, exclusivamente a la cerámica, así que no tenía ninguna cualificación. Estaba abierto a trabajar en cualquier campo, así que buscó ayuda en HelloWork, el servicio público de empleo. Tras once solicitudes infructuosas, lo habían contratado en una empresa pequeña que vendía vajillas de estilo occidental. Recién llegado a Tokio, optó por vivir en un apartamento de la empresa. De este modo, dio los primeros pasos hacia el comienzo de una segunda vida.

—Vaya, me alegro mucho por él —dijo Nagare mientras le entregaba el cambio.

Kazu, que estaba escuchando la conversación detrás de aquel, también hizo una reverencia con la cabeza. La expresión de Kyoko, en cambio, se ensombreció un poco. Miró al hombre de *esa silla* y dejó escapar un pequeño suspiro.

—Jamás se me ocurrió siquiera pensar que Yukio estuviera planteándose el suicidio... —se lamentó—. Muchísimas gracias —dijo, y agachó la cabeza con una reverencia profunda.

—No hay de qué —contestó Kazu.

Su expresión imperturbable no cambió, así que a Kyoko le costó discernir hasta qué punto había sido capaz de transmitirle sus sentimientos. Aun así, asintió, satisfecha al menos en apariencia.

—¡He hecho otro! —exclamó una bulliciosa Miki, que había terminado de escribir otro deseo.

—Ah, ¿sí? A ver, ¿qué has deseado ahora? —le preguntó Kyoko con una sonrisa.

—Que papá sea feliz —leyó la niña en voz alta, y a continuación soltó una risita.

No quedó claro hasta qué punto había sopesado su deseo. Quizá solo buscara una excusa para escribir los caracteres de «feliz». Pero, al oírlo, Nagare pareció casi avergonzado.

—¡Qué tontería! —refunfuñó y desapareció a toda prisa en la cocina.

Kyoko miró a Kazu y se rio.

—Creo que papá te está diciendo que ya es feliz —le dijo a Miki, y se marchó de la cafetería.

La niña sonreía, pero tal vez no hubiera percibido la profundidad de los sentimientos que había despertado.

¡Tolón, tolón!

Ató alegremente el *tanzaku* al árbol mientras cantaba una canción navideña; de fondo se oía en la cocina el ruidoso balido de Nagare sonándose la nariz.

—¿Lo has escrito ya? —le preguntó Miki al hombre de la silla.

Se acercó a él y echó un vistazo a lo que había sobre la mesa. Ante sus manos había una pluma y un *tanzaku*, los mismos materiales que había usado ella. La niña se los había dado para que él también escribiera un deseo.

—Ah, lo siento, no. Yo...

—Sabes que puedes escribir lo que quieras, ¿no? —le recordó Miki a Kurata, que se apresuró a coger la pluma.

Levantó la mirada hacia el ventilador, que giraba en el techo, como si necesitara pensar un momento, y luego escribió su deseo deprisa.

—¿Intentamos otra vez contactar con Fumiko? —preguntó Nagare, que salió de la cocina con la nariz roja de sonarse.

La susodicha era una cliente que había vuelto al pasado en esta misma cafetería hacía siete años. Seguía visitándola a menudo.

—No es de esas personas que rompen sus promesas.

Nagare suspiró al mismo tiempo que se cruzaba de brazos. Había intentado llamarla por teléfono hacía unos minutos, pero, aunque había dado señal, no lo había cogido.

—Gracias, agradezco que te estés esforzando tanto —le dijo Kurata, con una educada reverencia.

—¿Estás esperando a Fumiko? —preguntó Miki, que, en algún momento, se había sentado frente a él y había empezado a escudriñarle el rostro.

—Pues... no, no espero a la señorita Kiyokawa...

—¿Quién es la señorita Kiyokawa?

—Es su apellido... ¿Sabes lo que es un apellido?

—Sé lo que es. Te refieres a lo que va detrás del nombre, ¿no?

—¡Sí, eso es! ¡Muy bien! ¡Qué chica tan lista!

Kurata elogiaba a Miki como si hubiera elegido la respuesta correcta en un examen. La niña pareció complacida e hizo el gesto de la paz con los dedos.

—Pero el apellido de Fumiko es Takaga, ¿no? Se llama Fumiko Takaga, ¿verdad? —le preguntó Miki a Kazu, que estaba detrás de la barra.

La camarera sonrió con calidez, pero Nagare se apresuró a corregir a la niña.

—¡Es Ka-ta-da! Se enfadará si la llamas Fumiko Takaga, ¿entendido? —intervino.

Dio la impresión de que Miki no era capaz de distinguir entre «Takaga» y «Katada». Se limitó a ladear la cabeza con una expresión confusa en la cara, como diciendo: «¿De qué está hablando mi padre?».

—¡Vaya, eso es una buenísima noticia! —exclamó Kurata, que reconoció al instante el apellido Katada. Su mera mención lo hizo enderezarse en su asiento, entusiasmado. Durante un instante, pareció estar peligrosamente a punto de levantarse de la silla a causa de la emoción—. ¡O sea que terminó casándose!

—Pues... sí.

—¡Vaya! ¡Qué bien!

Kurata se había enterado de que el ahora marido de Fumiko había pospuesto la boda debido a que le había surgido una oportunidad laboral en Alemania. Al recibir la noticia de que al final sí se había casado, se alegró tanto que cualquiera habría pensado que el que se casaba era él.

Fumiko había decidido viajar al pasado como resultado de una desafortunada conversación entre ella y su entonces novio, Goro Katada. A este lo habían contratado en una empresa de juegos llamada TIP-G, algo con lo que llevaba soñando mucho tiempo, y se había marchado a trabajar a Estados Unidos. Fumiko había vuelto sabiendo muy bien que no podía cambiar el presente. Y, mientras estaba en el pasado, Goro le había dicho que quería que lo esperara tres años.

Sus palabras eran una pista que daba a entender que, tres años más tarde, se casarían. Pero cuando volvió de Estados Unidos, transcurrido ese tiempo, lo enviaron de inmediato a trabajar a Alemania. Aun así, siguieron comprometidos y, por fin, el año anterior, tras varios obstáculos, el camino quedó despejado para que se casaran. Así que Fumiko se convirtió en la señora Katada.

Ante la reacción de Kurata, Nagare puso una cara larga, como si tuviera sentimientos encontrados. El café no iba a permanecer caliente para siempre.

—Pero acabas de decir que no es a Fumiko a quien esperas, ¿no? —preguntó el dueño, que recordó que la conversación se había desviado cuando Miki se había equivocado con el apellido de Fumiko.

—Eso es, no espero a Fumiko.

—Entonces ¿a quién?

—Pues, eh..., a una compañera de trabajo. Se llama Asami Mori —contestó Kurata, que parecía un poco nervioso—. Le pedí a la señorita Kiyokawa..., a Fumiko, que la trajera hasta aquí.

Miró hacia la puerta, a pesar de que no había entrado nadie.

La persona a la que había venido a ver era Asami Mori, una subordinada de Fumiko en el trabajo. Kurata y ella se habían incorporado a la empresa al mismo tiempo, pero él pasó a formar parte del departamento de ventas, mientras que a Asami la asignaron al de desarrollo, donde trabajaba Fumiko.

Nagare no tenía ni idea de por qué Kurata había venido desde el pasado para reunirse con su compañera y tampoco tenía intención de preguntar.

—Ah..., ya entiendo. Bueno, espero que no tarden mucho —murmuró, y Kurata esbozó una sonrisa.

—Si no vienen, no vienen. No pasa nada —respondió.

—¿Qué quieres decir? —preguntó Nagare.

—Nos comprometimos, pero no parece que vayamos a casarnos... —dijo, y bajó la mirada con aire taciturno.

«¿Ha venido a visitar a su exprometida por pura preocupación?».

La expresión desanimada de Kurata bastó para que Nagare se hiciera una idea general de las circunstancias.

—Ah, ya —dijo, y se abstuvo de hacer más comentarios.

—Pero haberme enterado de que la señorita Kiyokawa sí se ha casado ya ha hecho que el viaje merezca la pena. Me alegro mucho por ella.

Kurata sonrió con alegría. No estaba fingiendo. Se alegraba de verdad. Miki, que seguía sentada frente a él con una mejilla apoyada en la mano, había escuchado toda la conversación.

—¿Por qué Fumiko se ha cambiado el apellido? —le preguntó a Nagare.

—Te lo cambias cuando te casas —contestó él en un tono algo irritado, como un padre al que bombardean con preguntas similares todos los días.

—¿Qué? ¿Yo también? ¿Cuando me case yo también me cambiaré el apellido?

—Si te casas.

—¿Cómo? Ni de broma. Oye, maestra, ¿tú te vas a cambiar el apellido?

La niña miró a Kazu.

Hacía poco que Miki había empezado a llamarla «maestra». Nadie sabía muy bien por qué. Varios días atrás, era «hermana Kazu»; antes de eso, «hermana»; y antes, «Kazu» a secas. Era como si el rango de la camarera hubiera ido aumentando lenta y constantemente.

—Maestra, ¿te cambiarás el apellido si te casas?

—Si me caso.

La joven respondió con su habitual frialdad y siguió limpiando vasos.

—Ah..., entendido —contestó Miki.

No quedó muy claro qué había «entendido», pero la niña asintió y volvió a sentarse a la barra para empezar a escribir unos cuantos deseos más para el *tanzaku*.

«Rin-rin, rin-rin, rin-rin, rin-rin...».

El teléfono empezó a sonar en el cuarto trasero. Kazu estaba a punto de ir a contestar, pero Nagare levantó una mano para detenerla y desapareció rumbo allí.

«Rin-rin...».

Kurata bajó la vista hacia el tablero de la mesa y se quedó mirando lo que había escrito en el *tanzaku*.

A pesar de ser dos años menor que él, Asami Mori nunca se había dirigido a Kurata con el tipo de lenguaje formal que suele utilizarse con los empleados más veteranos, puesto que habían entrado en la empresa a la vez. Ella era una persona llena de sonrisas que daba la sensación de ser muy auténtica, así que era popular tanto dentro como fuera de la compañía.

Fumiko, que trabajaba en la misma oficina, era popular por su aspecto, pero en el trabajo la llamaban «zorra» a sus espaldas. Eso hizo que la presencia de Asami fuese aún más bienvenida, ya que ayudaba a suavizar el ambiente de trabajo que se respiraba en la sala cuando se acercaba una fecha límite.

Kurata y ella salían a menudo de copas con otras personas que se habían incorporado a la empresa al mismo tiempo que ellos. Las conversaciones solían girar en torno a las quejas laborales, pero él jamás hablaba mal de la empresa ni de sus superiores. Al contrario, siempre buscaba el lado bueno y demostraba su capacidad de liderazgo cuando las cosas se ponían difíciles y la situación era desesperada.

Asami veía a Kurata como un tipo muy positivo, pero, cuando entró a trabajar en la empresa, tenía novio, así que nunca pensó en él como un «hombre».

Sin embargo, ambos intimaron cuando ella le habló de su aborto. Había sufrido un aborto espontáneo justo después de romper con su novio. No había descubierto que estaba embarazada hasta después de la ruptura, y la interrupción no tenía nada que ver con el disgusto de la separación. Asami tenía una afección que la hacía más propensa a abortar.

Al enterarse de que estaba embarazada, había decidido quedarse con el bebé, aunque eso significara ser madre soltera. Tras tomar dicha decisión, la noticia de que era propensa a abortar le supuso una conmoción aún mayor. No pudo evitar sentir que era culpa suya.

Abrumada por esa sensación, compartió sus sentimientos con sus amigos más íntimos fuera del trabajo, con sus padres y su hermana. Aunque intentaron consolarla y reconfortarla en aquel momento de tristeza, ninguno de ellos fue capaz de ofrecerle palabras que disiparan las nubes de su corazón.

Fue mientras se encontraba en ese estado cuando Kurata se acercó a ella y le preguntó:

—¿Te pasa algo?

Como era un hombre, Asami pensó que no entendería lo delicado que era el tema de haber perdido un bebé. Pero necesitaba que alguien la escuchara, daba igual quién, estaba desesperada. De las personas a las que ya se lo había contado, sus amigas habían llorado con ella y sus padres habían intentado tranquilizarla diciéndole que no era culpa suya. Por lo tanto, supuso que Kurata, al igual que los demás, empatizaría y le diría algo para consolarla. Así que le habló con sinceridad de sus sentimientos.

Sin embargo, después de escuchar su historia, la primera reacción de él fue preguntarle cuántos días había llevado al bebé en su interior. Cuando le contestó que diez semanas, es decir, unos setenta días, él le preguntó:

—¿Por qué crees que al niño que llevabas en el vientre se le concedió la vida en este mundo durante esos setenta días?

Sus palabras despertaron tanta ira en Asami que a la joven empezaron a temblarle los labios.

—¿De verdad acabas de preguntarme por qué se le concedió la vida? —Se le enrojecieron los ojos y rompió a llorar convulsivamente—. ¿Me estás diciendo que soy una mala persona?

Le resultó del todo imposible contenerse y no gritarle de esa manera. Ella ya se había culpado de que su bebé no hubiera llegado a nacer, pero que se lo dijera alguien que no tenía ni la más mínima razón para decir tal cosa la turbó aún más.

Dio la sensación de que Kurata entendía lo que Asami quería decirle y sonrió con ternura.

—No, lo has malinterpretado.

—¿Qué he malinterpretado? ¡El bebé que llevaba en el vientre no pudo hacer nada! ¡Ni siquiera fui capaz de dejarlo nacer! Fue culpa mía. ¡Solo pude darle setenta días de vida! ¡Solo setenta!

Con expresión serena, Kurata esperó con tranquilidad a que su compañera dejara de llorar y luego le dijo:

—Ese bebé utilizó sus setenta días de vida para hacerte feliz. —Habló con suavidad, pero con una certeza inquebrantable—. Si sigues así de destrozada, tu hijo habrá empleado esos setenta días en vano.

Su mensaje no era de empatía. Le estaba señalando a Asami una manera de cambiar su forma de entender el dolor que estaba experimentando.

—Pero, si intentas encontrar la felicidad después de esto, entonces esa criatura habrá dedicado esos setenta días a hacerte feliz. En ese caso, su vida tiene sentido. Tú eres quien puede conferirle significado al hecho de que a ese bebé se le concediera la vida. Por lo tanto, no cabe duda de que debes intentar ser feliz. La persona que más lo desearía es esa criatura.

Al oír estas palabras, Asami se quedó sin aliento. La profunda desesperación que le oprimía el corazón empezó a aligerarse y todo lo que la rodeaba le pareció un poco más brillante.

«Al intentar ser feliz, le daré sentido a la vida de este bebé».

Esa era la respuesta clara.

No podía contener las lágrimas. Levantó la mirada hacia el cielo y gritó con fuerza mientras sollozaba. Sus lágrimas no eran tanto de tristeza como de alegría por ver una salida del pozo sin fondo y volver a experimentar algo parecido a la felicidad.

Ese fue el momento en el que Kurata se convirtió en algo más que un tipo muy positivo.

—¿Señor Kurata?

Este se dio cuenta de repente de que Nagare estaba de pie a su lado, con el teléfono en la mano.

—Eh..., ¿sí?

—Es Fumiko.

—Ah..., gracias.

Cogió el auricular.

—Sí, soy Kurata.

El hombre había dicho que, si no la veía, no pasaba nada. Sin embargo, su expresión se endureció un poco, como si hablar con ella por teléfono lo pusiera nervioso.

—Ajá, sí... Vaya, ¿en serio?... Entiendo... No, en absoluto... Muchas gracias.

Escuchando solo su parte de la llamada, Kurata no parecía decepcionado en exceso. Mientras hablaba, se sentó erguido, con el pecho hinchado de una forma extraña y mirando hacia el frente, como si Fumiko estuviera sentada frente a él. Nagare se quedó mirando aquella postura anormalmente tensa con una expresión de preocupación en la cara.

—No, no. Ya has hecho mucho por mí... No pasa nada, tranquila... Muchas gracias.

Hizo un reverencia muy profunda con la cabeza.

—Bien..., sí... De acuerdo, ajá... El café está a punto de enfriarse, así que..., sí...

Miró el reloj de pared del centro.

De los tres relojes antiguos que había, solo ese marcaba la hora correcta. De los otros dos, uno era rápido y otro lento. Por eso, cuando

Nagare, Kazu o cualquiera de los clientes habituales querían saber la hora, siempre miraban el del centro.

De la conversación telefónica que Kurata estaba manteniendo con Fumiko, Nagare dedujo que la mujer a la que estaba esperando, Asami, no iba a venir.

—Sí, sí...

Kurata alargó la mano y tocó la taza para comprobar la temperatura del café.

«Apenas me queda tiempo...».

Respiró muy hondo y cerró los ojos despacio. Kazu lo vio, pero no hizo nada.

—Ah, ahora que me acuerdo, me han dicho que te has casado. Enhorabuena. Sí, me lo ha dicho el personal de la cafetería... Créeme, solo por eso mi viaje ya ha valido la pena.

No eran palabras vacías, lo decía de corazón. Su rostro sonriente daba la sensación de dirigirse a Fumiko, dondequiera que esta estuviera.

—...Adiós.

Kurata finalizó la llamada despacio. Nagare se acercó en silencio a la mesa y aquel le devolvió el auricular.

—Ha llegado el momento de volver —dijo bajito.

Sonreía, pero le fallaba la voz. Sin duda, estaba decepcionado por haber venido hasta el futuro solo para perderse el encuentro con Asami.

—¿Podemos hacer algo por ti antes de que te vayas? —preguntó Nagare sin apartar la mirada de él.

El dueño de la cafetería sabía que no podía ofrecerle nada. Pero, aun así, no pudo evitar preguntárselo. No paraba de apretar los botones del auricular sin motivo.

Kurata debió de notar cómo se sentía.

—No, todo va bien. Muchas gracias —respondió con una sonrisa.

Nagare levantó la cabeza lentamente y se encaminó hacia el cuarto trasero con el teléfono en la mano.

—¿Podrías colgármelo tú, por favor? —preguntó Kurata mientras alzaba el *tanzaku* con su deseo.

—Sí, señor —dijo Miki.

Como él no podía abandonar la silla, la niña se acercó y cogió el papel que le tendía.

—Gracias por todo —dijo, y, tras hacerle una reverencia a Kazu, que estaba detrás de la barra, levantó la taza que tenía delante.

En el verano de hacía dos años y medio...

A Kurata le habían diagnosticado leucemia mielógena aguda. Le dijeron que podía empezar el tratamiento con la esperanza de sobrevivir o renunciar a él y vivir solo seis meses más. Era el segundo verano de su relación con Asami. Había recibido la noticia del diagnóstico justo después de tomar la decisión de hacerse con un anillo en secreto y proponerle matrimonio.

Pero no se rindió. Puesto que implicaba la posibilidad de sobrevivir, por mínima que fuera, no le costó optar por comenzar el tratamiento. Fue entonces cuando resolvió llevar a cabo su plan sin contárselo a Asami. Se había enterado por Fumiko de que en esta cafetería no solo se podía volver al pasado, sino también viajar al futuro. Sin embargo, la información que había obtenido de ella no era lo bastante detallada como para ejecutar su idea con éxito. Así que visitó la cafetería para averiguar de primera mano si el plan que había trazado iba a funcionar.

Llegar hasta allí no le supuso ningún problema, ya que la había visitado en dos ocasiones anteriores en compañía de Fumiko. Pero, tal como había anunciado la previsión meteorológica, le pilló un chubasco aislado. Pese a que llevaba paraguas, cuando entró en la cafetería estaba empapado de cintura para abajo.

Tal vez debido a la lluvia, las únicas personas que había allí dentro eran la camarera y la mujer del vestido. Kurata se presentó enseguida y comenzó a explicarle su plan a Kazu.

—Deseo ir al futuro. La señorita Kiyokawa me ha dicho que también se puede ir allí cuando te sientas en esa silla —dijo mirando a la mujer del vestido.

Sacó un cuaderno en el que había anotado todos los detalles posibles sobre las reglas, basándose en lo que le había contado Fumiko, y luego empezó a comprobar si eran correctos o no:

—Cuando viajas al pasado, no puedes reunirte con nadie que no haya visitado la cafetería. ¿Y en el futuro? ¿Es imposible encontrarte con la persona que quieres ver si no viene aquí?

—Así es —respondió Kazu con naturalidad mientras continuaba con su trabajo.

Kurata procedió de forma metódica con sus preguntas mientras consultaba su cuaderno y confirmó que la mujer del vestido abandonaba su asiento para ir al baño una vez al día y que, cuando se viajaba al futuro, tampoco era posible levantarse de la silla.

—¿El café tarda lo mismo en enfriarse para todo el mundo? ¿O el tiempo se alarga o se acorta dependiendo de las circunstancias? —quiso saber.

Esta era una pregunta inteligente. Si el tiempo que tardaba el café en enfriarse era siempre el mismo, podría consultárselo a Fumiko, que había retrocedido en el tiempo, y hacerse una idea bastante aproximada de cuánto tiempo tendría. Pero si la duración era diferente para cada persona, en el peor de los casos, tendría menos tiempo que ella.

Si vas al pasado, sabes con exactitud cuándo visitó la cafetería la persona con la que quieres reunirte. Eso significa que puedes dirigirte a una hora concreta y retroceder con una precisión milimétrica. Así que, aun en el caso de que el tiempo concedido allí sea corto, lo más probable es que te encuentres con la persona.

No ocurre lo mismo con el futuro. Puedes quedar con alguien, pero que llegue a esa hora depende de circunstancias impredecibles. Quizá acabes perdiéndote el encuentro por unos segundos.

Por lo tanto, cualquier posible diferencia en la cantidad de tiempo disponible era un factor importante. Kurata tragó saliva mientras esperaba la respuesta de Kazu.

—No lo sé —contestó ella sin rodeos.

Sin embargo, él no pareció sentirse demasiado decepcionado; fue como si ya se esperara esa respuesta.

—Ah, vale —repuso sin más.

Luego formuló su última pregunta:

—Cuando viajas al pasado, no puedes hacer nada para cambiar el presente. ¿Sería correcto pensar que esto también es válido cuando visitas el futuro?

Al contrario que con las preguntas anteriores, con esta, Kazu dejó lo que estaba haciendo y lo pensó unos instantes.

—Creo que sí —respondió.

Tal vez se debiera a que se hacía una idea de por qué Kurata quería saberlo, pero era raro que ella diera una respuesta tan vaga. Dicho esto, era la primera vez que alguien le formulaba esta cuestión.

Kurata pensaba que si la regla «hagas lo que hagas mientras estés en el pasado, el presente no cambiará» también era válida para los viajes al futuro...

...si fuese al futuro y no la viera, entonces daría igual lo que hiciera a partir de ese momento, porque ese futuro no cambiaría. O, por el contrario, si se encontrara con ella en el futuro, entonces daba igual lo que hiciera a partir de ese instante, porque ese encuentro seguiría teniendo lugar.

De todas las reglas, esta era la que más le interesaba aclarar.

Ir al futuro sin más y confiar en un encuentro casual era poco aconsejable. Si Asami fuera asidua de la cafetería, tal vez hubiese alguna posibilidad. Pero no lo era. La intención de Kurata era planearlo todo con meticulosidad para que ella visitara el local en el mismo momento del futuro que él.

Si el futuro pudiera cambiarse, entonces primero iría desde ahora hasta el futuro y, aunque no se encontrase con Asami esa vez, al volver solo tendría que esforzarse más para verla en la siguiente ocasión.

Pero no era así.

La realidad futura de la época a la que viajabas no podía cambiarse.

Esta regla no era nueva. Era solo una extensión de la que decía que, por mucho que te esforzaras en el pasado, no podías cambiar el presente. Kurata, que pretendía viajar al futuro, era la única persona que se lo había planteado.

Dio la impresión de rumiarlo durante un rato.

—Hum. Entendido. Muchas gracias —dijo con una ligera reverencia.

—¿Deseas viajar hoy? —le preguntó Kazu.

—No, hoy no —respondió.

Y, con los zapatos aún mojados rechinando y chapoteando, se marchó de la cafetería.

Para encontrarse con Asami en el futuro, Kurata decidió reclutar a Fumiko como coconspiradora. Ella visitaba la cafetería a menudo y era buena amiga de Asami. Además, él estaba impresionado por su excelente trabajo como ingeniera de sistemas y estaba convencido de que no había nadie mejor para cumplir con aquella tarea.

La llamó por teléfono y le dijo que quería quedar con ella para comentarle una cosa. Luego fue directo al grano.

—Lo más probable es que solo me queden unos seis meses de vida —dijo.

Tras mostrarle a la sorprendida Fumiko los resultados de sus pruebas, le explicó lo que le había dicho su médico y que ingresaría en el hospital al cabo de una semana. Como no podía ser de otra manera, Fumiko se quedó sin palabras, pero la seriedad del rostro de su compañero no le dejó más opción que aceptar la noticia.

—¿Qué quieres que haga? —le preguntó.

Kurata primero le dijo:

—Eres la única persona en la que puedo confiar para que lo haga. —Y luego añadió—: Voy a ir a esa cafetería y viajaré dos años y medio hacia el futuro. Si estoy muerto, ¿podrías llevar allí a Asami?

Fumiko le lanzó una mirada complicada a Kurata al oírlo decir «Si estoy muerto».

—Sin embargo, bajo cualquiera de las dos condiciones siguientes, no hace falta que le pidas que te acompañe.

—¿A qué te refieres con que no hace falta que le pida que me acompañe?

La expresión de Fumiko dejaba claro que le estaba costando entender lo que le decía Kurata. Le pedía que llevara a Asami a la cafetería dos años y medio más tarde, pero luego mencionaba unas condiciones en las que no tenía que llevarla. No entendía nada de lo que su compañero tenía en la cabeza.

Pero, imperturbable, él procedió a exponer las condiciones:

—En primer lugar, si no me muero, no tienes que llevarla.

Esto tenía sentido. A fin de cuentas, esa era la situación más deseable. Pero, cuando oyó la segunda condición, Fumiko se quedó sin palabras.

—Si, después de que me muera, Asami se casa y lleva una vida feliz, entonces, por favor, no la lleves.

—¿Qué? No entiendo nada de lo que dices...

—Si no me encuentro con ella cuando viaje al futuro, entenderé que está felizmente casada y volveré. Pero, si no es así, quiero decirle una cosa... Por eso...

Puede que a Kurata le hubieran dicho que solo le quedaban seis meses de vida, pero lo único que deseaba era que Asami fuese feliz.

Al oír su plan, Fumiko dijo:

—La gente como tú... —Y rompió a llorar.

Todo dependía de que ella tomara la decisión de si le pedía o no a Asami que la acompañara.

—Lo ideal sería que nunca tuvieras que hacer nada, pero, por favor, haz lo que puedas —dijo él e hizo una profunda reverencia con la cabeza.

Pero Asami no había aparecido. Dejó escapar un pequeño suspiro y se llevó la taza a los labios. Justo en ese momento...

¡Tolón, tolón!

El cencerro de la puerta sonó y, poco después, entrando a toda prisa en la cafetería, apareció Asami Mori vestida con una trenca de color azul marino.

Debía de haber empezado a nevar fuera, porque tenía unos cuantos copos de nieve esparcidos sobre la cabeza y los hombros. Kurata iba en manga corta, ya que había viajado al futuro desde el verano. Cuando Asami llegó de repente ataviada con aquel abrigo que mostraba las señales de una blanca Navidad, no quedó claro en qué estación se estaba produciendo su encuentro. Los dos se miraron durante un momento en silencio.

—¡Hola! —saludó Kurata con torpeza.

Asami aún estaba intentando recuperar el aliento, pero lo miraba con cara de enfado.

—Fumiko me lo ha contado todo. ¿En qué estabas pensando? ¿A quién se le ocurre hacerme venir a ver a un muerto? ¿Se te ha pasado por la cabeza ponerte en mi lugar siquiera un segundo? —le espetó con brusquedad.

Sin apartar la mirada del rostro de Asami en ningún momento, Kurata empezó a aguijonearse torpemente la frente con el dedo índice.

—Lo siento —murmuró.

Siguió mirándola de hito en hito, como estudiándola.

—¿Qué? —preguntó ella con desconfianza.

—...Ah, perdona, nada. Tengo que volver ya —dijo en voz baja, como si hubiera metido la pata.

Mientras se llevaba la taza a los labios, Asami se acercó a él y le tendió la mano izquierda para que la viera. Llevaba un anillo brillante en el dedo.

—Mira, estoy casada, ¿vale? —anunció, mirándolo a los ojos y pronunciando las palabras de forma clara y seca.

—Ajá.

A Kurata se le estaban poniendo los ojos rojos. Asami apartó la mirada y suspiró.

—Hace dos años que estás muerto. ¿Cómo se te ha ocurrido enredar así a Fumiko? ¿No te planteaste que quizá te estuvieras preocupando demasiado? —dijo en tono acusador.

—Desde luego, parece que no hacía falta que me preocupara tanto... —dijo Kurata con una sonrisa agridulce.

No tenía claro qué se le habría pasado a Asami por la cabeza para presentarse así, pero no necesitaba más satisfacción que enterarse de que estaba casada.

—Tengo que irme.

Tras volver al pasado, le quedarían seis meses de vida. Viajando al futuro no había cambiado el hecho de que iba a morir, pero esa noticia no le había ensombrecido ni un poquito el semblante. Tenía una sonrisa resplandeciente dibujada en la cara, llena de alegría y felicidad.

Asami, incapaz de interpretar los pensamientos de Kurata, se limitó a quedarse plantada delante con los brazos cruzados.

—Bueno, pues...

Él se bebió todo el café de golpe. Justo después, empezó a sentirse mareado. Todo lo que había a su alrededor comenzó a rielar. Cuando devolvió la taza al platillo, las manos empezaron a convertírsele en vapor. Mientras su cuerpo flotaba en el espacio, Asami gritó:

—¡Kurata!

A él se le comenzaba a nublar la conciencia, el entorno empezaba a caer a su alrededor pasando de largo a su lado.

—Gracias por ve...

Dejó de oír de golpe y desapareció como si el techo lo hubiera absorbido.

De pronto, la mujer del vestido se mostró en la silla en la que había estado sentado Kurata, como un espejismo. Asami se quedó allí, paralizada, con la mirada clavada en el espacio del que él se había esfumado.

¡Tolón, tolón!

Se oyó el intenso sonido del cencerro de la puerta.

Fumiko entró vestida con ropa de invierno, un plumífero y unas botas con forro de lana. Había estado esperando fuera, con la puerta entornada, escuchando la conversación que habían mantenido los dos antiguos amantes, esperando a que terminara.

Se acercó despacio a su amiga.

—Asami... —dijo.

Había dos condiciones bajo las cuales Kurata le había pedido a Fumiko que no llevara a Asami a la cafetería.

Una, si no había muerto; y...

... dos, si había muerto, pero ella estaba casada y era feliz.

Sin embargo, después de la muerte de Kurata y hasta el día anterior al encuentro, Fumiko no había parado de darle vueltas a cuál sería el mejor momento de decírselo a Asami.

En lo que se refería a la condición de no llevarla a la cafetería si estaba casada y era feliz, la interpretó como «Si Asami es incapaz de superar a Kurata y de casarse con otra persona, entonces él quiere que venga».

Por el contrario, si ella estaba haciendo todo lo posible por olvidarlo y superarlo, Fumiko no quería obligarla a reunirse con él solo porque no estuviera casada.

Sería un encuentro con una persona que estaba muerta: no es algo que deba tomarse a la ligera. Mal gestionado, podría arruinarle la vida a Asami. Fumiko sopesó una y otra vez las distintas posibilidades, pero pasaron dos años y seguía sin resolver sus preocupaciones y sin conocer lo más mínimo los sentimientos de Asami.

Esta lloró a Kurata tras su muerte, pero, unos seis meses más tarde, siguió con su vida. Por lo que Fumiko alcanzó a ver, la joven no había dejado que el fallecimiento fuera un lastre para ella.

No obstante, basándose solo en esa percepción, Fumiko era incapaz de decidir si debía o no llevar a su amiga a la cafetería el día fijado para el encuentro. Asami no se había casado, pero esa no era forma de medir la felicidad de una persona. Sin embargo, Fumiko no había oído ni siquiera el más mínimo rumor romántico relacionado con ella desde la muerte de Kurata. Y entonces, antes de que se diera cuenta, quedaba solo una semana para el día elegido.

Después de mucho sufrir, Fumiko decidió consultarle el asunto a su marido, Goro. Aunque admiraba su destreza como ingeniero de sistemas, su confianza en él no solía extenderse también a los asuntos del corazón. No obstante, habían acordado que, si alguno de los dos tenía un problema, lo hablarían como pareja. Así pues, como agarrándose a un clavo ardiendo, Fumiko le pidió consejo.

Cuando lo hizo, Goro la miró con expresión seria y le dijo:

—No creo que Kurata tuviera en cuenta que te preocuparías tanto por ello.

Ella no sabía a qué se refería.

—Confiaba en ti plenamente.

—¡Pero no sé qué hacer!

—No, no. No confiaba en ti como mujer.

—¿Qué? ¿Qué estás diciendo?

—Confiaba en ti como ingeniera de sistemas.

—¿Qué quieres decir?

—Piensa en lo que te dijo. Las condiciones bajo las que no debías llevar a Asami a la cafetería eran, primero, si él no había muerto; y segundo, si después de su muerte ella estaba casada y era feliz.

—Sí.

—Si lo ves como un simple programa que juzga si esas condiciones se cumplen, puedes descartar cualquier otra condición como ajena al programa...

—Si las condiciones de Kurata no se cumplen, hay que seguir adelante.

—Correcto. Por ejemplo, puede que Asami sea feliz, pero que no esté casada. Por lo tanto, no se cumple la condición para no llevarla.

—Entiendo...

—Lo más seguro es que, como la conocía mejor que tú, Kurata fijara esas condiciones absolutas como forma de ayudarla a recuperarse de algún tipo de trauma.

Ahora que Goro lo mencionaba, Fumiko se hacía una idea de cuál podía ser ese trauma. Asami había tenido un aborto espontáneo. También la había oído decir: «Me da mucho miedo pensar que podría volver a pasar por eso».

—Por el contrario, también podría darse el caso de que estuviera casada pero no fuese feliz, ¿no? Ese supuesto tampoco cumple las condiciones para no llevarla.

—Vale. Ahora lo entiendo. Gracias —dijo y se marchó de inmediato a buscar a Asami.

Fumiko siempre actuaba con rapidez una voz que sabía lo que tenía que hacer. El día acordado para el encuentro en la cafetería era el 25 de diciembre, el día de Navidad, a las siete de la tarde. Por supuesto, no le reveló a Asami las condiciones de Kurata cuando le contó que él llegaría a esa hora desde el pasado, pero, al recibir Asami la noticia, fue como si se quedara sin voz.

—Entiendo... —dijo con un ánimo sin duda sombrío.

Cuando llegó el día de la visita de Kurata, Asami se ausentó del trabajo sin avisar. Varias personas habían intentado contactar con ella, pero no respondía. Sus compañeros empezaron a sugerir medio en broma que debía de haber considerado que la Navidad era más importante que el trabajo. Solo Fumiko conocía los motivos de su ausencia.

—Menos charlar y más trabajar, si no os importa —ordenó a su equipo en tono abrupto.

Seguro que Asami estaba dándole vueltas desesperadamente a la decisión de si reunirse con él o no. Fumiko le envió un mensaje: «Te estaré esperando delante de la cafetería esta tarde a las siete».

Esa tarde...

En los alrededores de la estación había muchos árboles de Navidad decorados con luces que brillaban y destellaban. La zona estaba abarrotada de gente y sonaban canciones navideñas por todas partes. La cafetería, en cambio, estaba situada en una calle secundaria, enclavada entre varios edificios a unos diez minutos a pie de la estación. Salvo por una pequeña guirnalda colgada del cartel del establecimiento, estaba igual que cualquier otro día. La única luz provenía de la calle principal, así que había mucha oscuridad. En comparación con la animación de la zona más cercana a la estación, parecía muy solitaria.

Fumiko estaba esperando junto a la entrada situada a la altura de la calle.

—¿Siempre ha habido tan poca luz? —murmuró para sí y se quedó mirando la mancha blanca y empañada de su aliento.

Los escasos copos de nieve que habían empezado a caer al atardecer bailaban y revoloteaban a su alrededor, incluso en esta estrecha calle secundaria. Ni siquiera un paraguas levantado hacia el cielo recogía una gran cantidad de ellos.

Se apartó la manga del guante, lo justo para echarle un vistazo a su reloj de pulsera. Ya era un poco más tarde de la hora en que había quedado con Kurata.

Pero Asami no había aparecido.

A lo mejor su tren se había retrasado a causa de la nieve, que también estaba provocando atascos en las carreteras al cuajar. En circunstancias normales, habría disfrutado de una Navidad blanca tan romántica, pero esa noche la nieve era una molestia que le hacía fruncir el ceño.

—Asami..., ¿dónde estás?

Fumiko intentó llamarla por tercera vez, pero en aquella ocasión tampoco obtuvo respuesta.

«No van a verse. Debe de haber decidido no venir».

La decisión de Asami la decepcionó un poco, pero era ella quien debía elegir.

«Tendría que haberla coaccionado un poco más para que viniera».

Se sentía un poco arrepentida e irritada.

«¿Qué le digo a Kurata?».

Estaba justo delante de la cafetería, pero no se veía capaz de entrar. Decidió que mejor hablaría con él por teléfono.

—Eh..., Kurata, ¿eres tú? Soy Fumiko Kiyokawa... Ajá... En cuanto a Asami... Es todo un poco complicado... Le dije que vendrías hoy... Se lo dije hace una semana... Exacto... Sí, lo siento mucho. Le di demasiadas vueltas... De todas formas, parecía que iba a venir. Sí... Ajá... Hum, pero se la ve bien. Estuvo muy triste durante unos seis meses, más o menos, pero ahora parece que ya lo ha superado... Sí... Lo siento mucho. Ahora estoy pensando que debería haber insistido más. Me estoy arrepintiendo... ¿Cómo?... Ah, sí. Gracias... Vaya, ¿tienes que irte ya? Madre mía... En cualquier caso, lo siento de verdad... Sí, vale, muy bien...

Tras finalizar la llamada, no pudo evitar experimentar una molesta sensación de arrepentimiento. La nieve estaba fría y había empezado a caer con un poco más de fuerza.

«Será mejor que me vaya a casa».

Había dado un único paso arrastrando una bota pesada sobre la nieve cuando...

—¡Fumiko! —la llamó una voz de mujer a su espalda.

Se dio la vuelta y se topó con una Asami jadeante y sin aliento.

—¡Asami!

—Fumiko, ¿Kurata... sigue aquí?

—No lo sé seguro, pero...

Volvió a mirar su reloj de pulsera. Él había dicho que llegaría a las siete y ya pasaban ocho minutos de esa hora. Aunque tuvieran la buena suerte de que el café no se le hubiese enfriado, a lo mejor se lo había bebido después de colgar el teléfono. No había ni un segundo que perder.

—¡Vamos! —exclamó Fumiko mientras le ponía una mano en la espalda a su amiga y la guiaba escaleras abajo.

Ante la puerta de la cafetería, Asami se volvió hacia ella.

—Necesito que me prestes tu alianza —le pidió.

El anillo era muy especial para Fumiko y lo llevaba desde hacía solo un año.

«Ya preguntaré más tarde».

Sin dudarlo, se la quitó del dedo a toda prisa y se la tendió.

—¡Venga, date prisa!

—¡Gracias!

Asami le hizo una reverencia de agradecimiento y entró en la cafetería al mismo tiempo que sonaba el cencerro.

Sin dejar de mirar el espacio en el que se había desvanecido Kurata, a Asami se le escapó un suspiro suave.

—Intenté pasar página, pero era incapaz de olvidar a Kurata... Acabé pensando que jamás podría casarme con alguien que no fuera él —dijo, con un ligero estremecimiento.

Mirando a Asami, Fumiko se limitó a decir:

—Ajá.

Se imaginaba lo que era estar en su lugar.

«Yo sentiría lo mismo si me hubiera pasado a mí».

Se llevó una mano al pecho; no sabía qué más decirle, porque no encontraba palabras.

—Pero recordé lo que me dijo cuando tuve el aborto. Me dijo que ese bebé había utilizado los setenta días de su vida para traer felicidad a la mía. Me dijo que, si no encontraba la manera de salir de mi amargura, entonces ese habría sido el resultado de los setenta días del bebé. Pero si daba con la forma de volver a ser feliz, eso sería lo que la vida del bebé me habría aportado. Por medio de esa elección, permitiría que la vida de la criatura tuviera sentido. Crearía una razón por la que se le había concedido la existencia a mi hijo. Me dijo que por eso tenía que intentar ser feliz. Que nadie lo habría deseado más que mi bebé.

Se detuvo y comenzó a relatar lo que Kurata le había dicho con voz suave y temblorosa.

—Así que me hizo pensar. Puede que ahora mismo no sea capaz de casarme, pero debo ser feliz pase lo que pase.

—Asami...

—Porque si mi felicidad pudiera convertirse en la suya...

Se quitó el anillo del dedo y se lo devolvió a Fumiko. Para hacer que Kurata creyera que se había casado, lo había tomado prestado y había mentido.

—Deseo que Asami sea siempre feliz —leyó Miki en voz alta; era el *tanzaku* que Kurata había dejado.

Asami no sabía que ese papelito existía. Pero, en cuanto lo oyó, supo que esas palabras eran de él. Unas lágrimas enormes empezaron a caerle de golpe por las mejillas y se derrumbó hecha un guiñapo en el suelo.

—¿Está bien, señorita? —preguntó Miki, que la miraba con desconcierto.

Fumiko le pasó un brazo por los hombros a Asami y Kazu dejó de trabajar y miró a la mujer del vestido.

Ese día, Nagare cerró temprano la cafetería.

Cuando volvió a casa, Fumiko le contó a Goro lo que había pasado.

—Creo que Kurata sabía que le estaba mintiendo —dijo él cuando su esposa terminó de hablar y se puso a sacar de la caja la tarta que había comprado.

—¿Por qué crees que lo sabía? —preguntó ella, con el ceño un poco fruncido.

—Le dijo que tú se lo habías contado todo, ¿no?

—Sí, ¿y qué?

—Si de verdad estuviera felizmente casada, ¿por qué ibas a habérselo contado todo? Según las condiciones de Kurata, en ese caso no tendrías que haberla llevado a la cafetería.

—Oh...

—¿Ves?

—Ay, no, no lo había pensado. Se lo conté todo... Es culpa mía...

Al ver que la expresión de decepción de Fumiko se acentuaba cada vez más, de repente Goro se echó a reír.

—¿Qué? ¿De qué te ríes? —protestó ella, que ahora había adoptado una expresión de indignación.

Él se disculpó de inmediato, le pidió perdón varias veces y después dijo:

—Me parece que da igual. Aunque se haya dado cuenta de que Asami le estaba mintiendo, Kurata ha vuelto al pasado sin decir nada porque ahora sabe que ella encontrará la felicidad y quizá se case...

Tras estas palabras, Goro le tendió a su mujer el regalo de Navidad que le había comprado para que dejara de pensar en el tema.

—Tú has pasado por la misma experiencia, ¿no?

—Ah, ¿sí?

—En cuanto a la infelicidad de Asami aquí, en el presente, cuando ella llegó a la cafetería, Kurata no podría haber hecho nada para cambiarla...

—Pero ¿qué me dices del futuro?

—¡Exacto! Él se ha dado cuenta de que la mentira de Asami ha cambiado la forma en que se siente de verdad.

—¿Quieres decir que ella ha decidido ser feliz en ese momento?

—Sí. Por eso él ha vuelto al pasado sin decir nada.

—Entiendo...

—Así que puedes quedarte tranquila —dijo Goro, que clavó un tenedor en su trozo de tarta.

—Bueno, vale, está bien —dijo ella con cara de alivio mientras seguía el ejemplo de su marido y se llevaba un trozo de pastel a la boca.

El tiempo pasó muy silenciosamente aquella noche de Navidad.

Tras cerrar la cafetería...

Las lámparas estaban apagadas y las luces navideñas eran lo único que iluminaba la habitación. Kazu, que había cerrado la caja registradora y se había cambiado de ropa, estaba de pie ante la mujer del vestido. Se había quedado allí plantada sin más, distraída, sin motivo alguno.

¡Tolón, tolón!

—Todavía estás aquí —dijo Nagare, que llevaba a Miki cargada a la espalda. La niña se había cansado y se había quedado dormida de tanto jugar en la nieve.

—Sí...

—¿Estabas pensando en Kurata?

En lugar de responder, Kazu se quedó mirando a Miki, que dormía plácidamente sobre la espalda de Nagare.

Él no le hizo más preguntas. Se limitó a pasar junto a ella y, justo antes de salir de la sala...

—Kaname siente lo mismo, creo —dijo en voz baja, como hablando para sí, y luego desapareció en el cuarto trasero.

Como única fuente de iluminación, las luces que adornaban el altísimo árbol de Navidad brillaban con intensidad sobre la espalda de Kazu mientras esta se demoraba en la cafetería silenciosa.

El día en que Kaname viajó al pasado para reunirse con su difunto marido, fue Kazu, con solo siete años, quien le sirvió el café. Cuando un conocido le preguntó a Nagare, que estaba presente en la cafetería aquel fatídico día, qué había pasado con Kaname, él, con gran calma, le contestó lo siguiente:

—Cuando oyó que el café estaba frío, debió de imaginarse que tenía la temperatura del agua del grifo. Pero otras personas piensan que el café está frío cuando está por debajo de la temperatura de la piel. Así que, en lo que respecta a esa regla, en realidad nadie sabe qué significa «cuando el café se enfríe». Seguro que Kaname pensó que no se había enfriado todavía.

Sin embargo, nadie sabe la verdad del asunto. Todo el mundo le había dicho a la pequeña Kazu: «Kazu, tú no tienes la culpa».

Pero, en su corazón, ella sentía...

«Soy yo quien le sirvió el café a mamá...».

Jamás podría olvidar ese hecho.

Con el paso de los días, empezó a sentir...

«Soy yo quien mató a mamá...».

La experiencia se llevó la inocencia de Kazu y le arrebató la sonrisa. Comenzó a vagar sin rumbo como una sonámbula, tanto de día como de noche. Como había perdido la capacidad de concentrarse, un día se puso a caminar por el medio de la carretera y casi la atropella un coche. Una vez la encontraron en un río en pleno invierno. Sin embargo, nunca había tenido un deseo de muerte consciente. Era subconsciente. Kazu se culpaba subliminalmente todo el rato.

Un día, tres años después del suceso, estaba esperando para cruzar un paso a nivel. Su expresión no era la de una niña que deseara morir. Contemplaba el estruendoso sistema de alarma, que no paraba de pitar, con una expresión fría e ilegible.

El sol del atardecer le confería a la ciudad un tono anaranjado. Detrás de Kazu, también esperando a que se levantara la barrera del cruce, había una madre y un hijo que volvían de hacer la compra y un grupo de estudiantes de camino a casa. De entre la multitud surgió una voz:

—Mamá, lo siento —dijo un niño.

No era más que una conversación afable y normal entre una madre y un hijo.

Kazu se quedó paralizada un momento, mirándolos a ambos.

Luego, murmurando, dijo:

—Mamá...

Y comenzó a caminar hacia la barrera del cruce como si esta la atrajera hacia ella.

Justo entonces...

—¿Te importa llevarme contigo?

La persona que había pronunciado esas palabras había aparecido a su lado en silencio. Era Kinuyo, la profesora de la escuela de pintura del barrio. Daba la casualidad de que ella también había estado presente en la cafetería el día en que Kaname volvió al pasado. Le había dolido ver desaparecer el rostro sonriente de Kazu después de aquel fatídico día y desde entonces había estado siempre junto a la niña, velando por ella.

Pero, hasta ese día, intentara lo que intentase decirle, parecía incapaz de rescatar el corazón de la muchacha. Al decirle que la llevara con ella, se refería a que quería estar al lado de esa pequeña que sufría y estaba tan angustiada.

La joven sufría porque sentía que la muerte de su madre era culpa suya. Kinuyo pensó que, si Kazu no podía escapar de esos sentimientos, ambas irían al lugar donde se encontraba Kaname para hacer una reverencia juntas.

Pero la reacción de Kazu a esas palabras no fue la que ella esperaba. Las lágrimas le brotaron de los ojos por primera vez desde la muerte de su madre y sollozó con fuerza. Kinuyo no supo qué había penetrado en el corazón de la niña. Solo supo que hasta entonces había estado sufriendo sola y que no quería morir.

Allí juntas, al lado de las vías, mientras los trenes rugían y pasaban zumbando ante ellas durante lo que pareció una eternidad, Kinuyo la abrazó con fuerza y le acarició la cabeza hasta que dejó de llorar.

El tiempo fue pasando y la oscuridad del anochecer las engulló.

Tras ese día, Kazu volvió a servirles el café a los clientes que decían querer ir al pasado.

Dong... Dong...

El reloj del centro de la pared de la cafetería sonó para anunciar que eran las dos de la mañana.

En plena noche, todo estaba en silencio. Mientras el ventilador de techo giraba despacio, Kaname estaba, como de costumbre, leyendo tan tranquila la novela que Kazu le había proporcionado.

Esta, que parecía un objeto que se hubiera mezclado con una naturaleza muerta de la cafetería, permanecía completamente inmóvil..., salvo por una única lágrima que le rodaba por la mejilla.

4

Marido y mujer

La gente tiende a sentirse feliz cuando llega la primavera, sobre todo después de un invierno frío.

Sin embargo, su comienzo no puede asignarse a un momento concreto. No hay un día que marque con claridad el final del invierno y el inicio de la primavera. Esta se esconde dentro del primero. Percibimos su llegada con los ojos, con la piel y con otros sentidos. La encontramos en los brotes nuevos, en una brisa agradable y en el calor del sol. Existe junto al invierno.

—¿Sigues pensando en Kaname? —preguntó Nagare Tokita como si hablara consigo mismo.

Estaba sentado en un taburete junto a la barra, doblando con destreza servilletas de papel en forma de grullas.

Su murmullo se dirigía a Kazu Tokita, que estaba detrás de él, pero ella siguió limpiando la mesa en silencio y modificó la posición del posavasos sobre el que descansaba el azucarero.

Nagare dejó la séptima grulla de papel sobre la mesa.

—Creo que deberías tener el bebé —dijo, y volvió los finos ojos almendrados hacia la camarera, que continuaba con su trabajo—. No me cabe duda de que Kaname...

¡Tolón, tolón!

El ruido del cencerro de la puerta lo interrumpió a media frase, pero ni Nagare ni Kazu dijeron: «Hola, bienvenidos».

En esta cafetería, los visitantes que franqueaban la puerta que tenía colgado el cencerro tenían que recorrer después un pasillo antes de llegar a la sala. Nagare observó la entrada en silencio.

Al cabo de un momento, Kiyoshi Manda apareció con una expresión avergonzada en la cara. Era un inspector que había alcanzado la edad de jubilación aquella primavera. Llevaba una gabardina y una vieja gorra de caza y parecía uno de esos inspectores de las series de televisión de los años setenta. A pesar de su profesión, no tenía nada de intimidante, ni el más mínimo rastro de dureza. Era más o menos de la misma altura que Kazu y sonreía a menudo. Era como cualquier otro hombre sociable en sus años postreros, alguien a quien podrías conocer en cualquier lugar.

Las manecillas del reloj situado en el centro de la pared señalaban que faltaban diez minutos para las ocho. La cafetería cerraba a esa hora.

—¿Puedo entrar? —preguntó con timidez.

Kazu contestó como siempre:

—Sí, pase.

Pero Nagare se limitó a asentir de forma algo apagada.

Cuando Kiyoshi visitaba la cafetería, siempre se sentaba en la mesa más cercana a la entrada y pedía un café. Pero hoy, en lugar de sentarse en su silla habitual, se quedó plantado donde estaba, inseguro.

—Por favor, siéntese —le ofreció Kazu desde detrás de la barra al mismo tiempo que le servía un vaso de agua y le hacía un gesto con la mano para que tomara asiento.

Kiyoshi levantó educadamente su andrajosa gorra de caza.

—Gracias —respondió y ocupó un taburete, dejando libre el que quedaba entre Nagare y él.

El dueño recogió con gran cuidado las grullas de papel y preguntó:

—¿Un café, como siempre?

Se levantó y empezó a dirigirse hacia la cocina.

—Pues... no, la verdad. Hoy...

Y, cuando Nagare interrumpió su paseo hacia la cocina, Kiyoshi miró a la mujer del vestido. El dueño de la cafetería siguió la mirada del viejo inspector y entornó los ojos.

—¿Sí?

—En realidad, he venido a entregarle esto... —dijo y sacó una cajita pequeña, de esas en las que podría meterse una pluma, envuelta para regalo— a mi mujer.

—¿Eso es...? —preguntó Kazu, que lo había reconocido.

—Sí. Es el collar que me ayudaste a elegir —respondió Kiyoshi con timidez mientras se rascaba la cabeza por encima de la gorra de caza.

El otoño anterior, este había pedido consejo porque quería hacerle un buen regalo de cumpleaños a su mujer. Kazu le había sugerido que le comprase un collar. Al final, incapaz de decidirse por sí mismo, Kiyoshi le pidió a la camarera que lo acompañara para ayudarlo a elegir.

—Había prometido que se lo daría aquí, pero, cuando llegó el día, me llamaron por una emergencia y no pude hacerlo...

Al oír esas palabras, Nagare y Kazu intercambiaron una mirada.

—Entonces ¿nos está diciendo que quiere volver al cumpleaños de su mujer? —preguntó Nagare.

—Sí.

Nagare se mordió el labio y se quedó callado. Pasaron dos o tres segundos sin que nadie dijera nada. Sentado en la cafetería muda, a Kiyoshi debió de parecerle un lapso de silencio muy largo.

—No te preocupes, no pasa nada. Conozco bien las reglas —se apresuró a añadir.

Sin embargo, Nagare continuó callado aun con esas y se le marcaron las arrugas de la frente.

Kiyoshi se dio cuenta de que aquella era una reacción extraña.

—¿Qué pasa? —preguntó con nerviosismo.

—No pretendo faltarle al respeto, pero no entiendo por qué quiere volver al pasado solo para hacerle un regalo a su esposa —dijo en un suave tono de disculpa.

Kiyoshi asintió, como si ahora viera la razón del incómodo silencio de Nagare.

—Ja, ja, ja. Claro... Comprendo que te extrañe... —dijo mientras se rascaba la cabeza.

—Lo siento.

El dueño le hizo una reverencia a toda prisa.

—No, no. No pasa nada... Es culpa mía por no haberos dado una explicación como es debido —dijo Kiyoshi, que alargó la mano para coger el vaso de agua que le había servido Kazu. Bebió un sorbo pequeño.

—¿Explicación?

—Sí —respondió aquel—. Hace justo un año que descubrí que en esta cafetería se puede volver al pasado.

La «explicación» de Kiyoshi se remontaba a la primera vez que había visitado la cafetería.

¡Tolón, tolón!

En el momento en que entró Kiyoshi, un hombre con la cara roja lloraba en la mesa del fondo, con una anciana frágil sentada frente a él. Junto a la barra había un niño de unos siete u ocho años y, detrás de aquella, un hombre de dos metros de altura que debía de formar parte de la plantilla de la cafetería.

Este no saludó a Kiyoshi cuando llegó. Estaba demasiado ocupado observando a la pareja de la mesa del fondo. Solo el niño, que sorbía un zumo de naranja con una pajita, miraba a Kiyoshi de hito en hito.

«Que no te vean al entrar en una cafetería no es nada de lo que preocuparse. Seguro que se fija en mí en un momento...». Kiyoshi le hizo una leve reverencia al crío a modo de saludo y se sentó a la mesa más cercana a la entrada.

En cuanto el inspector tomó asiento, una nube de vapor envolvió repentinamente al hombre que lloraba. Y luego pareció desvanecerse, como absorbido por el techo.

«¿Qué?».

Mientras Kiyoshi observaba la escena con los ojos desorbitados, una mujer que llevaba un vestido blanco apareció en la silla de la que el hombre acababa de esfumarse. Eran unos acontecimientos tan extraños que parecían sacados de un espectáculo de magia.

«¿Qué acaba de pasar?».

Se quedó mirando a la anciana, asombrado, mientras esta hablaba con la mujer del vestido blanco. Por lo que fue capaz de captar, le decía:

—Bueno, si pudiera hacer feliz a Kazu de alguna forma...

La anciana era Kinuyo Mita y el hombre que había desaparecido era Yukio, su hijo. Al presenciar este incidente, Kiyoshi se dio cuenta de que el rumor de que se podía volver al pasado en esta cafetería era cierto.

Cuando, más tarde, se enteró por Kazu y Nagare de las engorrosas normas que regían los viajes al pasado, le sorprendió que hubiera gente que quisiera volver. «Si no es posible cambiar el presente por mucho que te esfuerces en el pasado, ¿para qué tomarse tantas molestias?». Empezó a interesarse mucho por las personas que, aun después de conocer las reglas, decidían regresar.

—Ha sido irrespetuoso por mi parte, lo sé, pero decidí investigar a la gente que ha vuelto al pasado desde aquí.

Kiyoshi les hizo una reverencia a Nagare, que seguía parado en la puerta de la cocina, y a Kazu, que estaba detrás de la barra.

—Durante mi investigación he descubierto... —Kiyoshi sacó una pequeña libreta negra antes de continuar— que, a lo largo de los últimos treinta años, cuarenta y una personas se han sentado en esa silla y han viajado al pasado. Cada una de ellas tenía sus razones para hacerlo: reunirse con una amante, un marido, una hija, etcétera. Pero, de esas cuarenta y una personas, cuatro volvieron al pasado para encontrarse con alguien que había muerto.

»Dos de ellas lo hicieron el año pasado, otra hace siete años y luego está tu madre, que viajó hace veintidós años... Cuatro personas.

Mientras escuchaba la explicación de Kiyoshi, dio la sensación de que a Nagare se le ponía la cara azul.

—¿Cómo demonios ha averiguado todo eso? —preguntó.

En contraste con su expresión turbada, Kazu tenía la mirada perdida en el vacío.

Kiyoshi inspiró despacio.

—Kinuyo me contó todo esto antes de morir —contestó con amabilidad, y miró a la camarera.

Al oír esas palabras, esta bajó la mirada.

—Lo último que me dijo fue que te consideraba una hija —prosiguió él.

Kazu cerró los ojos lentamente.

—Sentí mucha curiosidad. Quería saber por qué había cuatro personas que, a pesar de conocer la regla de que no se puede cambiar el presente por mucho que te esfuerces en el pasado, habían sido capaces de ir a visitar a personas que habían muerto.

Kiyoshi pasó una página de su libreta.

—Hubo una mujer que volvió para encontrarse con su hermana pequeña, que había muerto en un accidente de tráfico. Se llamaba Yaeko Hirai... Supongo que la conocéis, ¿no?

Solo respondió Nagare:

—Sí.

La familia de Hirai regentaba una antigua posada de viajeros en Sendai y, como ella era la hija mayor, estaba destinada a terminar gestionándola. Pero no quería, así que, a los dieciocho años, se marchó para hacer su vida. Sus padres la desheredaron. Solo su hermana se mantuvo en contacto con ella. Todos los años la visitaba para intentar convencerla de que volviera a casa. Entonces, en el camino de regreso de una de esas visitas, murió en un trágico accidente de tráfico.

Hirai viajó al pasado para reunirse con su hermana.

—Después de visitar a su hermana en el pasado, volvió de inmediato a la posada y se hizo cargo de ella. Quería conocer su versión de la historia, así que fui a Sendai.

Habían pasado siete años. Hirai había prosperado muchísimo como gerente de la posada.

—Le pregunté: «¿Por qué fuiste a ver a tu difunta hermana aun sabiendo que el presente no cambiaría?». Ella se rio por lo grosero y entrometido de mi pregunta y luego me dijo lo siguiente:

»"Si hubiera llevado una vida triste como resultado de la muerte de mi hermana, entonces habría sido como si la causa hubiese sido su fallecimiento. Así que pensé que no debía permitir que sucediera. Me juré a mí misma que me aseguraría de ser feliz. Mi alegría sería el legado de la vida de mi hermana".

»Al oír sus palabras, me di cuenta de lo que había estado perdiéndome. Siempre había pensado que, como mi mujer había muerto, yo, estando solo, no debía ser feliz.

Cuando dejó de hablar, bajó la mirada despacio hacia el regalo que tenía en las manos.

—Entonces ¿su esposa ya no está con nosotros? —preguntó Nagare con voz suave.

Kiyoshi parecía resuelto a no dejar que esta noticia empañara el ambiente.

—No. Pero ocurrió hace treinta años —dijo, intentando atenuar el impacto de sus palabras.

Kazu le preguntó entonces:

—¿Así que era el cumpleaños de su difunta esposa?

—Sí —respondió y miró hacia la mesa central—. Ese día habíamos quedado aquí, pero no pude venir por culpa del trabajo. Por aquel entonces, ninguno teníamos móvil, así que estuvo esperándome hasta la hora de cierre. Luego, mientras volvía a casa, se vio envuelta en un atraco que tuvo lugar en el barrio.

Cuando terminó de hablar, se ajustó la gorra de caza para sujetársela bien a la cabeza.

—Lo siento. No lo sabía. Debo de haberle parecido muy desagradable antes... —dijo Nagare y le hizo una reverencia profunda.

Ahora se sentía mal por cuestionar la necesidad de Kiyoshi de volver al pasado solo para entregar un regalo.

Por supuesto, no sabía que la esposa de Kiyoshi estaba muerta, así que no había podido evitarlo. Pero, aun así, no paraba de reprenderse a sí mismo por haber actuado tan irreflexivamente.

«He sacado conclusiones precipitadas cuando tendría que haber escuchado la explicación completa».

—Uy, no, no. Al contrario, debería haberlo explicado desde el principio. Siento la confusión —dijo Kiyoshi enseguida, también con una reverencia—. Durante estos treinta años, he vivido con un arrepentimiento constante. Si hubiera cumplido mi promesa, mi mujer no habría muerto y todo habría sido diferente. Pero...

Se quedó callado y, despacio, se volvió para mirar a Kazu.

—Da igual cuánto me lamente, los muertos no resucitarán.

Conmovido por las palabras de Kiyoshi, Nagare abrió los ojos como platos y miró a la camarera.

Fue como si quisiera decirle algo, pero no encontraba las palabras. Kazu tenía la mirada perdida en la distancia, orientada hacia la mujer del vestido. Kiyoshi miró con cariño la caja que contenía el collar.

—Y por eso quiero darle esto a mi esposa cuando aún estaba viva —dijo en voz baja.

Dong... Dong... Dong...

El reloj de la pared dio las ocho y el sonido reverberó en la cafetería. Kiyoshi se levantó.

—Por favor, dejadme volver a aquel día de hace treinta años en el que mi esposa aún estaba viva, a su último cumpleaños —dijo con una reverencia profunda.

Pero la expresión de Nagare seguía siendo oscura.

—A ver, Kiyoshi, hay algo que debería saber... —comenzó. Sin duda, le resultaba difícil decirlo y le estaba costando resolver cómo expresarlo—. Hum..., verá..., bueno, es que...

El hombre ladeó la cabeza, mirando a Nagare. Fue Kazu quien habló a continuación, con su habitual expresión de indiferencia:

—Bueno, debido a ciertas circunstancias, ya no es posible volver al pasado cuando yo sirvo el café —afirmó.

Mientras que a Nagare la situación le resultaba a todas luces incómoda, Kazu habló con naturalidad, como si acabara de anunciar que el menú del almuerzo se había terminado.

—Ah... —La noticia pareció aturdir a Kiyoshi—. Bueno, si es lo que hay... —murmuró y cerró los ojos despacio.

—Kiyoshi...

Se volvió hacia Nagare, que estaba empezando a decir algo.

—No, no, no pasa nada... Ya había medio intuido al entrar que algo iba mal —dijo con una sonrisa—. Es decepcionante, claro, pero no se puede hacer nada, ¿verdad?

Estaba esforzándose todo lo posible por no dejar traslucir su decepción: paseaba la mirada de un lado a otro de la sala sin ningún motivo, evitaba el contacto visual con los demás. Habría sido razonable que preguntara por qué no podía volver al pasado. Pero no lo hizo. Y, aunque lo hubiera hecho, su instinto de inspector, que había perfeccionado a lo largo de su dilatada carrera, le decía que no obtendría respuesta, así que no tenía sentido quedarse allí. No quería hacerles perder el tiempo. Esbozó una reverencia cortés.

—Bueno, supongo que estabais a punto de cerrar... —dijo y cogió la cartera cerrada con cremallera para guardar el regalo de cumpleaños.

Justo entonces...

¡Pum!

El ruido que hizo la mujer del vestido al cerrar su novela resonó por toda la sala.

—¡Ah! —exclamó Kiyoshi sin querer.

Aquella se levantó despacio y se encaminó hacia el baño sin hacer ni un solo ruido. La silla estaba vacía. Si una persona se sentaba en ella podría viajar al momento que eligiera. Kiyoshi no pudo evitar quedarse completamente absorto mirándola. Pero entonces lo recordó: «No hay nadie que sirva el café».

Pensó que era una lástima, pero no tenía sentido mortificarse por cosas que escapaban a su control.

—Bueno, entonces creo que mejor me voy...

Les hizo una reverencia a Kazu y Nagare y se dio la vuelta para marcharse de la cafetería.

—Kiyoshi, espere —lo llamó el dueño—. Por favor, dele ese regalo a su mujer.

Durante unos segundos, mientras sopesaba las palabras de Nagare, el hombre pareció confuso.

—Pero si Kazu no puede servir el café, ¿cómo va a ser eso posible?

—Es posible...

—Perdona, pero ¿a qué te refieres?

A lo largo del año anterior, Kiyoshi se había convertido en un experto en las reglas para volver al pasado. Una de las cosas que había aprendido era que solo las mujeres de la familia Tokita podían servir el café para volver al pasado.

—Espere un momento —dijo Nagare y desapareció en el cuarto trasero.

Cuando Kiyoshi miró a Kazu, perplejo, ella le dijo con calma:

—No soy la única mujer de la familia Tokita...

«¿Cómo es posible que haya otra mujer en esta cafetería y que no la haya conocido nunca?».

Mientras intentaba averiguar quién sería, oyó a Nagare en el cuarto trasero:

—¡Venga, date prisa!

Luego oyó una segunda voz:

—¡Por fin le ha llegado el turno a *moi*!

Era la voz de una niña pequeña, que además hablaba en un tono bastante peculiar.

—Ah... —dijo Kiyoshi al reconocerla.

—¡Gracias por esperar, monsieur! —dijo Miki con una voz inesperadamente alta al entrar en la cafetería.

Él había dado por hecho que solo las mujeres adultas podían servir el café.

—¿Es usted, monsieur, quien quiere volver al pasado?

—Miki, por favor, habla en japonés normal —pidió Nagare, horrorizado por la actitud de su hija.

Pero esta sacudió un dedo con aire despectivo.

—Eso no es posible, *moi* no es japonesa —replicó.

Su padre frunció el ceño de forma exagerada, como si ya se hubiera esperado esa respuesta.

—¡Oh, qué pena! La cafetería sigue la regla de que la persona que sirve el café debe ser japonesa.

—¡Es broma! ¡Soy japonesa! —exclamó Miki, con un desvergonzado cambio de actitud.

Con un suspiro de exasperación, Nagare dijo:

—Ya, ya. Eso lo sabemos todos. Date prisa y prepárate.

Le hizo un gesto con la mano para que entrase en la cocina.

—Vale —respondió ella con entusiasmo y se marchó a toda prisa.

Mientras se producía este intercambio, la camarera pareció desconectar por completo de su entorno; permaneció totalmente callada, como si no estuviera presente en la habitación.

—Kazu, ayúdala, por favor —le pidió Nagare.

—Sí, claro —contestó ella.

Se despidió de Kiyoshi con una reverencia y desapareció en la cocina sin hacer ruido.

Tras verla marchar, el dueño se volvió hacia Kiyoshi.

—Oiga, lo siento... —dijo para disculparse por las tonterías de Miki cuando lo que Kiyoshi quería era volver al pasado para reencontrarse con su esposa muerta.

Pero al inspector no le habían molestado en absoluto. El intercambio entre Miki y Nagare le había resultado divertido, incluso enternecedor. Además, se alegraba de saber que al final sí podría volver al pasado. La expectativa le aceleró el corazón.

Kiyoshi miró la silla vacía.

—Ni siquiera se me había pasado por la cabeza que Miki pudiera servirme el café —dijo.

—Cumplió siete años la semana pasada —respondió Nagare, que miró hacia la cocina.

—Ah, es verdad, ahora que lo dices... —dijo Kiyoshi, que lo recordó de repente.

La encargada de servir el café no solo tenía que ser una mujer de la familia Tokita, sino que además debía tener al menos siete años. Kazu se lo había dicho una vez. En aquel momento, no lo había considerado un dato importante y lo había olvidado.

Kiyoshi volvió a mirar la silla que lo llevaría al pasado y empezó a caminar hacia ella, como si lo atrajera.

«Voy a volver al pasado».

Ese pensamiento hizo que sintiera una especie de calor en el pecho. Miró a Nagare.

—Adelante, siéntese... —lo animó este.

Él respiró hondo y se introdujo poco a poco entre la mesa y la silla. El corazón le latió aún más rápido.

Se sentó y sacó el regalo que acababa de guardar en la cartera.

—Kiyoshi —le dijo Nagare mientras se acercaba a él, todavía con un ojo puesto en la cocina.

—Dime, ¿qué pasa? —preguntó el inspector, que levantó la cabeza hacia él.

Aquel se agachó y le susurró algo al oído formando una pantalla protectora con la mano, como si le estuviera transmitiendo una información secreta.

—Esta será la primera vez que Miki sirva el café. Diría que cabe esperar que se muestre un poco exagerada. Lo más seguro es que le suelte un sermón sobre todas las reglas. Lo siento, pero ¿cree que podría seguirle la corriente?

Kiyoshi entendió a la perfección lo que Nagare, como padre, le pedía.

—Sí, por supuesto.

Sonrió.

Un momento después, Miki volvió de la cocina y se acercó a ellos dando pasitos. No iba vestida con la pajarita y el delantal de sumiller que Kazu lucía cuando servía el café. En vez de eso, se había puesto su vestido favorito, del mismo rosa que las flores de cerezo, y un delantal de color rojo vino encima. Este, que había sido de su madre, Kei, le quedaba bien gracias a los arreglos que le había hecho Nagare.

Miki sostenía la bandeja en la que llevaba la jarrita de plata y la taza de café blanca con poca seguridad, y su andar espasmódico hacía que la taza traqueteara en el platillo.

Kazu se había quedado parada en la entrada de la cocina, vigilándola.

Cuando la niña llegó junto a Kiyoshi, Nagare le dijo:

—Miki —comenzó—, a partir de ahora sustituirás a Kazu cuando haya que servirles el café a los clientes que se sientan en esta silla. ¿Estás dispuesta a hacerlo?

Había hablado en un tono reverencial.

«Por fin, ha llegado este día».

Su niñita inocente iba a asumir un papel especial. A juzgar por la seriedad de su expresión, Nagare se sentía como un padre entregando a la novia el día de su boda. Miki, sin embargo, no estaba prestando atención a lo que él pudiera estar pensando. Toda su concentración estaba puesta en no dejar caer la taza y la jarrita de la bandeja.

—¿Eh? ¿Qué? —respondió con impaciencia.

Ni entendía el sentimiento de Nagare ni comprendía la importancia de la tarea que tenía entre manos.

Al percibir que su hija estaba luchando con todas sus fuerzas por llevar a cabo la labor de servir el café, Nagare se dio cuenta de que todavía era una niña..., un pensamiento que lo hizo feliz.

—Nada. No pasa nada... —dijo con un pequeño suspiro—. Sigue así, lo estás haciendo bien —murmuró, y sus ojos mostraron un atisbo de sonrisa.

Sin embargo, Miki no tenía tiempo para sus comentarios.

—¿Conoce las reglas?

Se había vuelto hacia Kiyoshi para comenzar la explicación. El inspector miró a Nagare con una expresión inquisitiva y este asintió en silencio. Kiyoshi se volvió hacia la niña.

—¿Podrías explicármelas? Ya cojo yo la taza y la bandeja si quieres —respondió con amabilidad.

Miki hizo una reverencia profunda y después le entregó la bandeja. Sosteniendo solo la jarrita de plata entre las manos, comenzó a explicarle las reglas.

Como Kiyoshi ya estaba familiarizado con ellas, la explicación de la niña concluyó en apenas dos o tres minutos.

Se olvidó de contarle la de que no podía levantarse de la silla y hubo otros puntos en los que no lo explicó todo al detalle, pero Nagare lo dejó pasar. «Kiyoshi conoce las reglas, así que todo irá bien», pensó.

Miki parecía satisfecha con la manera en que había explicado las reglas, pues se volvió hacia su padre con una sonrisa orgullosa y soltó un resoplido de triunfo por la nariz.

—Espléndido —dijo Nagare de inmediato, y luego añadió—: Pero ¡no hagas esperar a Kiyoshi!

—¡Vale! —contestó ella entusiasmada y se volvió hacia el inspector—. ¿Continuamos?

Hasta ese momento, cuando Kazu servía el café, estas palabras se habían pronunciado con un aire serio, tanto que la temperatura del café parecía bajar un poco.

Sin embargo, con Miki era distinto. Su expresión sonriente era encantadora, como la de una madre que mira con cariño a su bebé. Su sonrisa irradiaba calidez y parecía fuera de lugar en una niña de siete años. Si las personas tuvieran auras cuyos colores fueran visibles, no cabe duda de que la de Kazu sería aguamarina pálido, mientras que la de Miki sería naranja. Así de cálida y acogedora era la atmósfera que la rodeaba.

Cuando sonrió, pareció que la temperatura ascendía ligeramente.

«Su sonrisa es tan radiante como los rayos del sol primaveral», pensó Kiyoshi.

—Sí, adelante —dijo asintiendo.

—De acuerdo —respondió Miki—. ¡RECUERDE, ANTES DE QUE SE ENFRÍE EL CAFÉ!

Gritó tanto que su voz retumbó por toda la sala.

«Demasiado escandalosa...», pensó Nagare mientras esbozaba una sonrisa irónica.

La niña levantó la jarrita de plata por encima de su cabeza y comenzó a servir. El café formó una línea fina mientras caía en la taza blanca y brillante.

Miki tenía solo siete años, así que debía de resultarle difícil sostener así una jarrita llena de café. Estaba haciendo todo lo posible por servirlo con una sola mano, pero el pitón se balanceaba de un lado a otro y el café se salía de la taza y formaba un charco marrón en el platillo.

Se lo estaba tomando en serio, pero su humor no era tan sobrio como el de Kazu cuando servía. Su sincero intento de dar lo mejor de sí misma resultaba enternecedor. Mientras Kiyoshi mantenía la atención fija en la actuación de Miki, la taza se llenó de café y una voluta de vapor comenzó a ascender.

En ese momento, él sintió que el entorno empezaba a distorsionarse, que temblaba y rielaba. Tenía sesenta años, así que le preocupó que la repentina sensación de mareo fuera señal de que no se encontraba bien.

«¿Y tenía que ocurrir en este preciso momento?», pensó, pero su inquietud fue pasajera.

Enseguida se dio cuenta de que su cuerpo se estaba convirtiendo en vapor. Se sobresaltó, pero al mismo tiempo se sintió aliviado de que el mareo no tuviera nada que ver con su estado de salud.

Le pareció que su cuerpo se ondulaba y que todo lo que lo rodeaba empezaba a pasar a su lado, cayendo.

—¡Ay! —exclamó, y no porque se sobresaltara, sino porque de repente se había dado cuenta de que ni siquiera había pensado aún qué iba a decirle a su mujer, a la que no veía desde hacía treinta años, cuando le diera el regalo.

«Estoy seguro de que Kimiko no sabía que desde esta cafetería se puede volver al pasado...».

Mientras su conciencia se desvanecía, pensó en cómo le daría el collar.

☕

Kimiko, la esposa de Kiyoshi, era una mujer con un fuerte sentido de la justicia. Ambos se conocían desde el instituto y compartían la ambición de querer formar parte del cuerpo de policía.

Sin embargo, aunque los dos habían aprobado el examen de acceso, el número de reclutas femeninas que se aceptaba en aquella época era aún bajo, así que Kimiko nunca llegó a convertirse en agente. A Kiyoshi lo destinaron a un *kōban*, las típicas casetas de la policía de barrio de Japón, pero su pasión por el trabajo no pasó desapercibida: a los treinta años consiguió un puesto en la Primera División de la Oficina de Investigación Criminal. Cuando esto ocurrió, llevaban dos años casados. Kimiko se alegró mucho al enterarse de que su marido iba a empezar a trabajar como inspector. Él, sin embargo, empezó a dudar de si estaba hecho para un puesto así.

Era un hombre cariñoso y amable. Su motivación para entrar a formar parte de las fuerzas del orden había sido servir a la gente. Y quería complacer a Kimiko, que había soñado con ser policía. Aun así, desde que se había convertido en inspector, lo estaba pasando mal. La Primera División de la Oficina de Investigación Criminal se ocupaba de los casos de homicidio y asesinato. Kiyoshi tenía que enfrentarse a diario al lado más oscuro de la humanidad, en el que la gente acababa con la vida de los demás espoleada por deseos egoístas o por pura supervivencia. Nunca se había sentido lo bastante fuerte a nivel mental como para soportar esa realidad gracias únicamente al empuje de sus propias creencias y su determinación. A menudo pensaba: «Si sigo así, sufriré una crisis nerviosa».

Temiendo estar al borde del abismo, había decidido confesarle a Kimiko que quería dejar de ser inspector. Como le resultaba difícil sacar el tema en casa, la había invitado a la cafetería, con el pretexto de que era su cumpleaños, y pensaba decírselo allí. Pero, en la fecha escogida, le surgió un asunto en la comisaría y pensó: «Ya se lo diré otro día». Kiyoshi eligió el trabajo que decía odiar por encima de ir a la cita con su mujer. Como resultado, Kimiko se había visto envuelta en el incidente que acabó con su vida.

La única manera posible de describirlo era como un incidente trágico. Como él no se presentó a la hora acordada, ella lo esperó hasta que la cafetería cerró. Al salir, se internó en una calle estrecha. Estaba oscura, pero era el camino más corto hasta la estación. Fue allí donde se topó con un atracador robándole a una anciana. En cuanto se encontró cara a cara con aquel delito, su fuerte sentido de la justicia hizo que le resultara imposible mirar hacia otro lado. Decidió intentar razonar con el atracador, pero para ello tenía que acercarse a él... con cuidado. Si le daba motivos para asustarse, él podría hacerle daño a la anciana. Tenía un cuchillo, pero Kimiko confiaba en que sería capaz de convencerlo de que desistiera del atraco una vez que captase su atención. Pero, justo en ese momento, desde el otro lado de la calle alguien gritó:

—¡Eh, tú! ¿Qué crees que estás haciendo?

Al oírlo, el atracador apartó a la anciana de un empujón y echó a correr lo más deprisa que pudo en dirección a Kimiko. Cuando intentó pasar corriendo a su lado, presa del pánico o por culpa de un tropezón, acabó chocando contra ella mientras aún sujetaba el cuchillo en la mano. En realidad era un cúter con una hojilla delgada y desechable que no le habría hecho mucho daño si le hubiera acertado en el abrigo. Pero, cuando el atracador se cayó, el cúter alcanzó a Kimiko en el cuello desnudo y le seccionó una arteria carótida. Murió desangrada.

«Si hubiera cumplido mi promesa y hubiese estado allí para cuidarla...».

Aquel incidente tuvo un enorme impacto en Kiyoshi. Solo con pasar por delante de la cafetería experimentaba palpitaciones intensas. Fue un acontecimiento traumático que le dejó una profunda cicatriz en el corazón. Los traumas psicológicos no son visibles desde el exterior, pero las heridas que producen no sanan con facilidad, y menos en alguien como Kiyoshi, que no dejaba de pensar que la muerte de la persona a la que amaba era culpa suya. Al fin y al cabo, nada se la devolvería.

Creía que, al romper su promesa, había causado la muerte de Kimiko. Aunque su cerebro racional aceptara otra versión de la realidad, su corazón no lo haría jamás. Al final, había sucumbido a pensar: «Con la muerte de Kimiko en mi conciencia, ¿qué derecho tengo a ser feliz?».

Pero, tras entrevistarse con las personas que habían vuelto al pasado desde la cafetería, había decidido que era hora de cambiar.

—¡Guau, es verdad! ¡Un hombre acaba de aparecer de la nada! —exclamó una voz masculina.

Fue lo primero que oyó Kiyoshi tras volver en sí. Había perdido el conocimiento mientras retrocedía en el tiempo.

Desde detrás de la barra, un hombre vestido con un delantal que no era de su talla —y que parecía un investigador universitario llevando a cabo un experimento— lo miraba de hito en hito. Cuando Kiyoshi le devolvió la mirada y esbozó un gesto de saludo, el hombre gritó:

—¡Kaname!

Y desapareció en el cuarto trasero arrastrando los pies.

«No parece muy preparado para trabajar en esta cafetería, ni siquiera como empleado ocasional. ¿Será nuevo?».

Mientras Kiyoshi seguía esa línea de pensamiento, echó un vistazo en torno a la sala. Aunque se hallaba en la cafetería de hacía treinta años, el interior no era distinto al de la versión del presente. Todo, hasta el más mínimo detalle, era idéntico. Sin embargo, no le cabía duda de que, en efecto, había viajado al pasado: el hombre había llamado a Kaname y él sabía por Kinuyo que ese era el nombre de la madre de Kazu.

No parecía haber ningún cliente más en la cafetería. Kiyoshi estaba a punto de sumirse en sus propios pensamientos cuando, del cuarto trasero, salió una mujer. Llevaba un delantal marrón rojizo sobre un vestido con el cuello blanco y estampado floral y tenía el vientre evidentemente abultado.

«Debe de ser...».

Era Kaname, embarazada de Kazu y sonriente.

—Hola, bienvenido —le dijo a Kiyoshi con una reverencia rápida y educada.

Con aquella expresión tan despreocupada en la cara, parecía una persona distinta por completo del fantasma homónimo que ocupaba la silla.

«El tipo de persona a la que no le cuesta nada romper el hielo y llevarse bien con cualquiera».

Esa fue la impresión que Kiyoshi se llevó de Kaname.

Detrás de ella, atisbó a un hombre escondido a su sombra, con aspecto de haber visto un fantasma. Kiyoshi adoptó una expresión de disculpa.

—Vaya, ¿he asustado a alguien con mi repentina aparición? —le preguntó a Kaname.

—Por favor, perdónenos. Es la primera vez que mi marido presencia la aparición de alguien en esa silla.

Aunque lo decía para disculparse, no ocultó que la situación le parecía graciosa. Además, a juzgar por su cara enrojecida, el hombre que tenía detrás se avergonzaba de haber reaccionado de esa manera.

—Lo siento... —dijo en voz baja.

—Qué va, no es necesario que te disculpes —respondió Kiyoshi.

«Parecen felices», pensó.

—¿Ha venido a ver a alguien? —le preguntó Kaname.

—Sí, eso es —respondió él.

Ella miró la cafetería vacía y puso cara de pena.

—No pasa nada. Sé a qué hora llega...

Mientras contestaba, miró el del medio de los tres relojes de pared para asegurarle que sabía cuál era la hora real y cuándo llegaba la persona a la que esperaba.

—Ah, ya veo. Me alegro, entonces...

Sonrió con cara de alivio.

El hombre de detrás de Kaname seguía mirando a Kiyoshi como si fuera algo misterioso, así que este preguntó:

—¿Tu marido no te ha visto nunca servir el café?

Todavía quedaba algo de tiempo antes de que llegara Kimiko. No podía resistirse a hacerle unas cuantas preguntas a la madre de Kazu.

—Solo me ayuda cuando tiene el día libre en el trabajo. Además, ya no es posible volver al pasado cuando yo sirvo el café —respondió.

«Es la misma expresión que ha usado Kazu».

—¿No es posible volver al pasado cuando sirves tú el café? ¿Por qué? —se sorprendió preguntando Kiyoshi.

Era como si el inspector que llevaba dentro se hubiera activado. En su mente, sonreía ante su incapacidad para abstenerse de hacer preguntas cada vez que tenía la más mínima duda sobre algo.

A modo de respuesta, Kaname se puso la mano en la barriga.

—Por mi bebé...

Sonrió con alegría.

—¿En serio? ¿Y eso?

—Cuando una mujer que sirve el café se queda embarazada de una niña, su poder se le transfiere al bebé...

Kiyoshi abrió mucho los ojos, sorprendido.

—¿Es cierto que tu hija podrá servir el café para devolver a la gente al pasado cuando cumpla siete años?

—Sí. ¡Eso es! Está muy bien informado, ¿no?

Él ya no la estaba escuchando.

«Kazu está embarazada. Pero no parecía estar muy contenta».

Si se alegrara de su embarazo, pensó, le habría visto al menos una sonrisa como la que Kaname acababa de dedicarle hacía un instante.

«Tal vez sea porque...».

De repente, una idea le invadió el corazón a Kiyoshi.

En ese momento...

¡Tolón, tolón!

Cuando sonó el cencerro, el reloj de pared dio la hora.

Dong, dong, dong, dong, dong...

Era el momento en que llegaría Kimiko.

Inmerso en sus pensamientos sobre ella y Kazu, Kiyoshi no paraba de darle vueltas a la cabeza.

—Parece que la persona que esperaba ha llegado.

Cuando percibió el tono de alivio de Kaname, respiró hondo y decidió hacer lo que había ido a hacer.

—Yo puedo...

Aquella, que se había dado cuenta de que Kiyoshi murmuraba estas palabras, le guiñó el ojo a su marido para señalarle que se fuera al cuarto trasero. No estaba dispuesta a correr el riesgo de que el hombre se convirtiera en una distracción para quienquiera que Kiyoshi hubiera ido a ver.

Nadie había entrado aún en la cafetería, pero estaba claro que allí había alguien.

«¿Me reconocerá Kimiko?».

A Kiyoshi se le empezaba a acelerar el corazón.

Ella no sabía que en aquella cafetería se podía volver al pasado. Por lo tanto, era imposible que se imaginara la opción de que un Kiyoshi sesentón fuera a visitarla. No cabía duda, entonces, de que no lo reconocería.

Pero, solo para asegurarse, mientras esperaba se caló la andrajosa gorra de caza para que se le ajustara mejor a la cabeza.

—Hola, adelante —resonó la voz de Kaname.

Un momento después, entró Kimiko.

Kiyoshi levantó la mirada muy sutilmente para verla. Su esposa estaba echando un vistazo a la sala. Luego, tras quitarse despacio el fino abrigo primaveral, se sentó a la mesa del medio de las tres que había. Varios pétalos de flor de cerezo le cayeron de los hombros y bajaron revoloteando hasta el suelo. Cuando Kiyoshi alzó la vista, le vio la cara de frente.

Kaname le sirvió un vaso de agua a Kimiko.

—¿Me pones un café, por favor? —pidió ella.

—¿Caliente?

—Sí, por favor.

—Marchando un café caliente.

Una vez que anotó el pedido, miró a Kiyoshi. Cuando sus miradas se cruzaron, la mujer sonrió y se volvió de nuevo hacia Kimiko.

—Utilizamos granos recién molidos para preparar el café, ¿le importa esperar? —le dijo con un dejo de entusiasmo en la voz.

—No, no pasa nada. Estoy esperando a alguien, de todas maneras —contestó la otra con gran amabilidad.

—Pues, entonces, relájese y disfrute de su estancia en la cafetería, por favor.

Kaname miró a Kiyoshi mientras pronunciaba esta frase y después volvió a la cocina con cara de satisfacción. Entonces él y Kimiko se quedaron solos en la sala. Estaban sentados de tal manera que se miraban el uno al otro. El inspector cogió la taza que tenía delante y fingió beber mientras estudiaba el rostro de ella.

Hacía treinta años, se hallaban en el punto álgido del auge financiero de Japón, así que las tiendas ofrecían una amplia selección de modas. A las mujeres de aquella época se las veía desfilando por la ciudad vestidas con prendas coloridas y elaboradas. A Kimiko, sin embargo, no le interesaba la moda. Ese día, bajo el abrigo ligero, llevaba un conjunto sencillo: un jersey marrón y un pantalón de pinzas gris. No obstante, la postura erguida y la melena hasta los hombros, recogida a la espalda, le conferían un aspecto elegante.

Kiyoshi volvió a asomarse por debajo de la visera de la gorra de caza, pero esta vez Kimiko lo miró directamente a los ojos y sonrió.

—Hola —lo saludó.

No era una mujer tímida. Si la otra persona era de edad avanzada, ella era siempre la primera en ofrecer un saludo. Él asintió con la cabeza a modo de respuesta. Kimiko no parecía haberse dado cuenta de que el hombre mayor que tenía sentado enfrente era su marido.

«Parece que todo irá bien...».

Kiyoshi decidió seguir adelante.

—¿Eres Kimiko Manda? —preguntó.

—¿Cómo? —Le sorprendió que un hombre desconocido la llamara por su nombre—. Sí, así es... Y ¿quién es usted? —respondió.

Como cabría esperar de una mujer hecha para ser policía, reaccionó a la inesperada situación con calma.

—Bueno, un hombre llamado Kiyoshi Manda me ha dado esto para que te lo entregue...

—¿Eso es de mi marido?

—Sí.

En ese momento, Kiyoshi hizo amago de levantarse de la silla para darle el regalo.

—¡*Aaah*! ¡*Aaah*! ¡Señor! —gritó alguien muy alarmado—. ¡Quieto ahí, no se mueva! ¡Ya sabe que no debería levantarse! —exclamó Kaname, que se acercaba a él sujetándose la barriga con una mano.

Tanto Kiyoshi como Kimiko la miraron, sobresaltados por el grito repentino.

—Señor, ¿no acaba de decirme que tiene una hernia discal y que apenas puede caminar? —le dijo Kaname con un guiño.

—¡Ah!

Él se había olvidado por completo de la regla de que, mientras estabas en el pasado, no podías levantarte de la silla. Si hubiera separado siquiera el trasero del asiento, lo habrían devuelto al futuro de inmediato.

—¡Ay! Uf, eso ha dolido...

Enseguida se llevó una mano a la parte baja de la espalda y fingió una mueca de dolor.

Es posible que su actuación no hubiera engañado a todos, pero Kimiko no pareció sospechar.

—¿Qué? ¿Tiene una hernia discal? ¿Se encuentra bien?

—Sí... Estoy bien —respondió.

Admiraba que Kimiko fuera tan amable con cualquier persona, sin ningún tipo de prejuicio. Se sorprendió conteniendo las lágrimas.

Ella se preocupaba de verdad por todo el mundo y se mostraba amable con cualquiera. En esas ocasiones, nunca dudaba y siempre procedía con total seguridad. Algunas personas creían que sus acciones eran las de una hermanita de la caridad entrometida, pero eso a ella le daba igual. Siempre era la primera en cederle el asiento en el tren a una embarazada o a una persona mayor, y, si veía a alguien con cara de estar perdido en una esquina, le preguntaba si necesitaba ayuda.

Kimiko no lo hacía porque hubiera querido ser policía. Era su carácter. Esta faceta de su personalidad era la que más había atraído a Kiyoshi cuando eran alumnos de instituto.

—¿Seguro que está bien? —le preguntó Kimiko en tono de preocupación.

—Sí, gracias —contestó él de forma tensa, desviando la mirada.

Se puso a la defensiva no porque le inquietara que se descubriese su mentira, sino más bien porque le preocupaba que la irresistible bondad de Kimiko le llegara al corazón.

—Bueno, tenga cuidado, por favor —le dijo Kaname a Kiyoshi—. Ah, y el café está más rico cuando aún está caliente... —añadió antes de marcharse de nuevo a la cocina.

Él miró a Kimiko con cara de arrepentimiento.

—Perdón —dijo con una reverencia.

Pero, en lugar de volver a sentarse, ella le preguntó sin dejar de mirarle las manos:

—Entonces ¿eso era lo que iba a darme?

—Eh, sí...

Kiyoshi le tendió enseguida la caja para que la cogiera.

Ella la aceptó y la miró extrañada.

—¿Qué será esto?

—Es tu cumpleaños, ¿no?

—¿Eh?

—Hoy.

—Ajá.

Kimiko abrió los ojos como platos, sorprendida, y miró la caja que tenía en las manos.

—Tu marido me ha dicho que deseaba con todas sus fuerzas que disfrutaras hoy de este regalo. Me ha contado que ha surgido una emergencia y que tenía que marcharse al norte, pero, antes de salir corriendo, me ha pedido que te lo diera. Ha estado aquí hace apenas treinta minutos.

Esto estaba sucediendo en una época en la que el ciudadano medio no iba por ahí con un teléfono móvil o un busca en el bolsillo. Si era necesario cancelar una cita, la persona tenía que llamar directamente al lugar del encuentro o pedirle a un conocido que transmitiera un mensaje. Si ninguna de las dos cosas era posible, la persona se quedaba esperando durante horas, sin más.

Era habitual que Kiyoshi tuviera que cambiar sus planes debido a asuntos policiales urgentes y, a veces, cuando había quedado con Kimiko, les pedía a desconocidos que le dieran el mensaje. Por eso, cuando aquel anciano desconocido le dijo que su marido le había pedido que le diera el regalo, no se mostró sorprendida.

—¿De verdad? —murmuró mientras rasgaba a toda prisa el papel de regalo.

Dentro había un collar con un diamante muy pequeño. Hasta entonces, Kiyoshi nunca le había hecho un regalo de cumpleaños a Kimiko. En parte se debía a que siempre estaba demasiado ocupado y le faltaba tiempo para comprárselo, pero también a que ella tenía un pequeño trauma con sus cumpleaños del pasado.

Ella nació el 1 de abril, que en Japón es el día de los Inocentes. Cuando era más pequeña, muchas veces sus amigos le hacían un regalo, le deseaban un feliz cumpleaños y, justo después, exclamaban: «¡Inocente!», y se lo arrancaban de las manos. Seguro que no pretendían ser crueles, pero a Kimiko le resultaba muy molesto que le gastaran una inocentada justo después de la euforia de pensar que estaba a punto de recibir un detalle. Kiyoshi la había visto en ese estado cuando iban al instituto.

Era 1 de abril, los cerezos habían florecido y los alumnos de secundaria estaban de vacaciones de primavera. Los amigos de clase de Kimiko habían quedado para desearle feliz cumpleaños. Tras entregarle un regalo, le gritaron: «¡Inocente!». Por supuesto, no lo hicieron con maldad y le devolvieron el regalo enseguida, justo después de la broma.

Ella dio las gracias con una sonrisa, pero, durante un instante, Kiyoshi vislumbró la tristeza que intentaba ocultar. Si no hubiera estado tan encariñado de ella, seguramente no se habría dado cuenta. Incluso después de que se hicieran novios formales, Kimiko hacía otros planes y evitaba ponerse en cualquier situación en la que pudiera recibir un regalo de cumpleaños. Aun así, él quería felicitarla como era debido, al menos en aquel último cumpleaños, y decidió viajar al pasado para hacerlo.

Kimiko miró el collar.

—Feliz cumpleaños... —le dijo Kiyoshi en voz baja.

Cuando lo oyó, ella lo miró sorprendida.

—¿Eso se lo ha dicho mi marido?

—¿Eh? Sí...

En cuanto recibió esa respuesta, a ella empezaron a rodarle unas lágrimas enormes por las mejillas. Él se puso nervioso al verla llorar así. Era la primera vez desde que se conocían que le veía la cara llena de lágrimas. Siempre la había visto como una mujer fuerte que permanecía imperturbable ante cualquier cosa. Nunca había llorado, ni siquiera después de que le dijeran en múltiples ocasiones que no la habían aceptado en el cuerpo de policía debido al escaso número de plazas que había para las mujeres. Se limitaba a decir con garra y determinación: «La próxima vez entraré». Esa era la Kimiko que Kiyoshi había conocido. Por eso, verla llorar así era algo que escapaba a su comprensión.

—¿Qué... qué pasa? —preguntó con inquietud.

No sabía si su mujer se confiaría a un completo desconocido, pero deseaba con todas sus fuerzas averiguar la razón de sus lágrimas.

—Lo siento, tendrá que perdonarme —murmuró Kimiko.

Tras volver a la mesa a la que se había sentado al llegar, sacó un pañuelo del bolso y comenzó a secarse las lágrimas, como si tratara de contener el torrente. Kiyoshi la miró con nerviosismo. Ella se sorbió la nariz, intentó poner buena cara y sonrió.

—Verá, la verdad es que pensaba que mi marido iba a romper conmigo esta tarde —dijo.

—¿Qué...?

Él no daba crédito a lo que estaba oyendo. Las palabras de Kimiko lo pillaron totalmente por sorpresa.

Le supusieron tal conmoción que pensó: «¿No habré viajado a una realidad alternativa?».

—Eh, hum...

Aunque sentía la necesidad de decir algo, las palabras no le salían por la boca. Para ganar algo de tiempo, levantó la taza y bebió un sorbo de café. Sin duda, estaba mucho más frío que hacía un rato, apenas tibio.

—Si no es demasiado entrometerme, ¿podrías explicármelo un poco más?

Aquella era una expresión que Kiyoshi empleaba a menudo. Hizo que a Kimiko se le escapara la risa.

—¡Parece inspector de policía! —comentó con los ojos enrojecidos por las lágrimas.

—Solo si te sientes cómoda hablándome de ello, por supuesto...

Durante un instante, había cometido el lapsus de recurrir a la jerga policial, pero se sentía incapaz de volver al presente sin algún tipo de explicación para las lágrimas de Kimiko. A veces la gente solo le cuenta las cosas a alguien en quien confía, pero en otras ocasiones necesita que el oyente sea un completo desconocido.

Kiyoshi no dijo nada más. Se limitó a esperar a que ella respondiera. No podía insistirle en que se lo contara. El tiempo se agotaba, pero tenía el presentimiento de que le contestaría. Kimiko estaba de pie ante la mesa a la que había estado sentada.

El silencio se rompió cuando Kaname llegó con un café de delicioso aroma.

—¿Lo sirvo aquí?

Tuvo el ingenio de posar el café no en la mesa a la que se había sentado ella, sino en la que ocupaba él.

Kimiko no dudó en su respuesta:

—Sí, perfecto.

Kaname dejó el café y la cuenta en la mesa de Kiyoshi y volvió a marcharse a la cocina.

La mujer cogió su bolso y se dirigió a esa mesa.

—¿Le importa que lo acompañe? —preguntó cuando tuvo una mano en la silla que había justo enfrente de él.

—No, claro que no —respondió Kiyoshi con una sonrisa—. ¿Y bien...? —preguntó para intentar refrescarle la memoria.

Ella respiró lenta y profundamente.

—Desde hace unos seis meses, mi marido está de mal humor a todas horas y no hemos tenido ni una sola conversación como es debido —comenzó—. No pasa mucho tiempo en casa por culpa del trabajo y, últimamente, aun cuando está, se limita a decir: «Ajá, vale, claro, lo siento, esta noche estoy cansado...».

Volvió a llevarse el pañuelo a los ojos.

—Hoy me había dicho que tenía algo importante que contarme. Estaba convencida de que iba a decirme que quería poner fin a nuestro matrimonio —balbució.

Kimiko miró el collar que había recibido de Kiyoshi.

—Estaba segura de que se había olvidado de mi cumpleaños...

Se tapó el rostro mustio con ambas manos y empezaron a temblarle los hombros.

Él trató de asimilar lo que estaba escuchando. Nunca se le había pasado por la cabeza separarse de su mujer. Pero, al oír el relato de Kimiko, comprendió que ella lo hubiera interpretado de ese modo. Había pasado una época desbordado con un montón de casos importantes y la falta de sueño y de descanso parecía no acabar jamás. Al mismo tiempo, cargaba también con el peso de sus propias dudas respecto a si estaba hecho para ser inspector. Había evitado cualquier tipo de conversación con ella por miedo a revelarle que estaba pensando en dejar el trabajo. Ahora se daba cuenta de que no era extraño que su esposa hubiese interpretado su actitud como un síntoma de que no era feliz en su matrimonio.

«Me siento fatal por haberle dado esa impresión...».

Nunca alcanzamos a ver del todo lo que hay en el corazón de los demás. A veces, cuando la gente se pierde en sus propias preocupaciones, se muestra ciega a los sentimientos de las personas más importantes para ellos. Kiyoshi no sabía qué decirle a su mujer, que lloraba delante de él. En aquel momento, fingía que no era más que un simple desconocido que ese día se encontraba en la cafetería por casualidad. Además, dentro de unas horas, Kimiko perdería la vida. Aunque él sabía que iba a suceder, no podía hacer nada al respecto.

Estiró una mano despacio y cogió la taza. A juzgar por la temperatura, el café estaba casi frío. Un momento después, se oyó pronunciando unas palabras que lo cogieron por sorpresa incluso a él.

—Desde que me casé contigo, no he pensado ni una sola vez en separarme.

Sabía que no podía cambiar la realidad. Sin embargo, la idea de que Kimiko fuera a morir con semejante angustia en su interior era más de lo que podía soportar. Le daba igual que ella lo creyera o no; quería revelarle su identidad y eliminar una sola causa de su sufrimiento. Solo él podía hacerlo.

—He venido del futuro, de dentro de treinta años... —le anunció a Kimiko, que lo miraba con los ojos como platos—. El asunto importante del que quería hablarte era otro.

Tosió un poco y se enderezó en su asiento. Se sentía avergonzado y arrepentido bajo la intensa mirada de ella, así que se caló aún más la gorra sobre la cabeza.

—La verdad es que pensaba decirte que quería dejar de ser inspector —explicó.

La visera de la gorra le cubría los ojos, de modo que no veía cómo estaba reaccionando Kimiko a su historia. Aun así, prosiguió:

—Tenía que visitar escenas de asesinatos y tratar con seres humanos deplorables a diario... Estaba harto. Veía a esos asesinos depravados a los que no les importaba lo más mínimo hacer daño a niños y ancianos y me provocaba algo más que tristeza; «desesperación» es una palabra más adecuada... Era muy duro. Por mucho que nos esforcemos en nuestra labor, nada impide que los crímenes sigan ocurriendo. Empecé a preguntarme por qué me hacía eso, de qué servía. Pero creía que si te lo contaba... Bueno, pensaba que te enfadarías. Así que posponía la conversación una y otra vez...

Debía de quedar muy poco tiempo para que el café se enfriara por completo. No le importaba si Kimiko lo creía, solo quería decir lo que pensaba que tendría que haberle dicho.

—Pero no te preocupes. No dejé de ser inspector en ningún momento... —dijo. Respiró hondo y añadió en voz baja—: Y nunca nos separamos...

Kiyoshi estaba mintiendo con un abandono desesperado. Notó que tenía las palmas de las manos empapadas. Kimiko aún no había respondido y él seguía mirando la taza que tenía delante, incapaz de hacer otra cosa. Pero había dicho lo que necesitaba decir. Le daba miedo mirarla a la cara por lo que pudiera transmitir su expresión, pero no se arrepentía.

—Se me ha acabado el tiempo, tengo que irme ya... —continuó.

Pero, cuando cogió la taza, ella habló:

—Lo sabía... Kiyoshi, ¿de verdad eres tú?

Por su tono de voz, el inspector dedujo que Kimiko aún no se lo creía del todo. Pero oírla pronunciar su nombre le hizo recordar que ella siempre lo había llamado así desde que estaban en el instituto.

Oírlo le iluminó los ojos con un brillo cálido. Sin embargo, ella había dicho que lo sabía, y eso lo confundía. No creía que supiera que esta cafetería te permitía volver al pasado.

—¿Cómo lo has sabido?

—Por la gorra de caza...

—Ah...

La andrajosa gorra de caza que llevaba era un regalo de Kimiko. Se la había encargado, hecha a medida, cuando se convirtió en inspector.

La mujer la miró.

—Veo que te la has puesto mucho —dijo con una sonrisa.

—Sí.

Habían pasado más de treinta años desde que se la regaló. Ahora era incapaz de imaginarse sin llevarla.

—Tu trabajo debe de haber sido duro.

—Sí, supongo.

—¿Por qué no lo dejaste? —preguntó con la voz entrecortada.

La verdadera razón era que Kiyoshi no podía liberarse de la culpa que le provocaba pensar que, como no había acudido a su cita, era el responsable de que Kimiko se hubiera visto envuelta en el atraco. Seguir siendo inspector era su forma de castigarse para siempre. En respuesta a su pregunta, la miró directamente a los ojos:

—Me apoyé en ti en todo momento... —respondió.

—Ah, ¿sí?

—Ajá.

—¿De verdad?

—Ajá —contestó de nuevo sin el menor atisbo de duda o vacilación.

Kiyoshi captó algo por el rabillo del ojo y, cuando se volvió, vio a Kaname mirándolo. Ella solo parpadeó una vez, con sutileza.

«Será mejor que te vayas enseguida».

Él comprendió a la perfección lo que significaba ese parpadeo. Vio a la mujer con una mano posada en el vientre enorme y se acordó de Kazu.

«Kazu y yo... Nuestra situación es similar».

Él le hizo un pequeño gesto de asentimiento a Kaname y bajó la vista hacia la taza.

—Bueno, tengo que volver ya.

—Kiyoshi... —Kimiko pronunció su nombre mientras él se llevaba la taza a los labios. Se había percatado, por el intercambio entre su marido y Kaname, de que era hora de despedirse—, ¿y fuiste feliz? —preguntó con la voz temblorosa.

—Por supuesto —respondió y se bebió toda la taza de un trago.

Al saborearlo, le dio un vuelco el corazón. El café ya estaba por debajo de la temperatura corporal.

«Si Kaname no me hubiera distraído hace un instante, el café podría haberse enfriado del todo».

Kiyoshi la miró y ella le devolvió una sonrisa indescriptiblemente maravillosa.

Una sensación de mareo lo envolvió por completo. Todo lo que lo rodeaba comenzó a caer despacio a su lado. Un momento después, su cuerpo empezó a convertirse en vapor blanco.

—Gracias por esto... —Kimiko se llevó el collar al pecho.

Miraba a Kiyoshi sonriendo de felicidad.

—¡Te queda bien! —exclamó él con su timidez habitual.

Pero nunca supo si su mujer llegó a escuchar aquellas palabras.

—¡Ha vuelto! —exclamó Miki a voz en grito cuando Kiyoshi recuperó la conciencia.

La niña miró a su alrededor y le dedicó una amplia sonrisa a Nagare. El primer cliente al que había enviado al pasado había regresado. Parecía inmensamente satisfecha de sí misma. Su padre también dejó escapar un suspiro de alivio. Le acarició la cabeza a su hija con suavidad.

—Bien hecho.

Solo Kazu mantuvo su sempiterna expresión de frialdad mientras empezaba a recoger la taza de Kiyoshi por Miki, que seguía demasiado emocionada.

—¿Cómo le ha ido? —le preguntó.

—¿Así que estás embarazada? —respondió él.

Pum, clanc-clanc-clanc...

El estruendo de una bandeja que se estampaba contra el suelo retumbó en la cafetería. El culpable había sido Nagare.

—¡Papá! ¡No hagas tanto ruido! —lo regañó Miki.

—Lo siento mucho... —se disculpó él y recogió la bandeja de inmediato.

La expresión de Kazu apenas cambió.

—Sí, así es —respondió.

—¿Cómo lo has sabido? —preguntó Nagare.

—He conocido a tu madre cuando estaba embarazada de ti —explicó Kiyoshi, mirando a la camarera—. Me ha dicho que no podía servir el café mientras estaba encinta.

—Vaya, ¿sí? —dijo Kazu mientras se dirigía a la cocina para llevarse la taza que había utilizado él.

En ese momento, la mujer del vestido, Kaname, volvió del baño. Kiyoshi se levantó y le hizo una breve reverencia. En cuanto le cedió el asiento, Kazu volvió de la cocina con un café para ella.

Mientras se lo ponía delante, Kiyoshi le dijo en voz baja:

—Tu madre estaba feliz.

Kazu dejó de moverse tras depositar la taza en la mesa.

No fue más que un segundo. Tanto Nagare como Kiyoshi esperaron ansiosos su reacción, hasta que Miki los salvó a todos de un silencio incómodo.

—¡Anda! —dijo la niña—. ¡Mirad!

Se agachó y cogió algo del suelo. Entre el pulgar y el índice sujetaba un único pétalo de flor de cerezo. Debía de haber llegado en la cabeza o el hombro de alguien.

Vislumbrar un solo pétalo de flor es otra forma de notar la primavera.

Miki seguía sosteniéndolo entre los dedos.

—¡Ha llegado la primavera! —anunció, y Kazu sonrió con ternura.

—Desde el día en que mamá no volvió del pasado... —comenzó la camarera con voz tranquila— siempre he tenido miedo de ser feliz.

Hablaba como si se lo estuviera contando a alguien que no estaba entre los que la rodeaban. De hecho, parecía que se estuviera refiriendo a la propia cafetería.

—Es porque ese día, cuando mi madre desapareció de repente..., el flujo constante de días felices y la felicidad de la persona más preciada para mí se acabaron de golpe.

Las lágrimas comenzaron a correrle por la cara.

Desde el día en que Kaname no había regresado del pasado, Kazu nunca había hecho amigos, ni siquiera en el colegio. El miedo a perderlos era demasiado grande. Nunca se había apuntado a un club ni había formado parte de una pandilla, ni en secundaria ni en bachillerato. Aunque la invitaran a jugar, no iba. Cuando terminaba el colegio, volvía de inmediato a la cafetería y se ponía a echar una mano. No tenía ninguna relación con nadie y no mostraba ningún interés por los demás. A todo esto subyacía una idea: «No puedo ser feliz». Era lo que llevaba diciéndose a sí misma toda la vida.

Se entregó por completo a la cafetería. No pedía ni esperaba nada más. Vivía solo para servir el café. Era su manera de castigarse por lo que le había pasado a su madre.

A Nagare también se le saltaron las lágrimas. Era el llanto de un hombre que había estado al lado de Kazu en todo momento desde aquel día, velando por ella.

—Yo estaba igual —dijo Kiyoshi—. Si no hubiera faltado a nuestra cita, es posible que mi mujer no hubiese muerto. Pensaba que su muerte era culpa mía por haberla dejado plantada. Creía que no merecía ser feliz.

Él también se había convertido en esclavo de su trabajo como inspector. Había escogido un camino durísimo a propósito. Vivía preso de la misma idea: «No merezco la felicidad».

—Pero me equivocaba. Lo he descubierto gracias a las personas que he conocido a través de esta cafetería.

No había interrogado solo a Kaname y a Hirai, que había vuelto al pasado para ver a su hermana muerta. También había hablado con una mujer que había regresado para ver al novio con el que había roto, y con otra que había viajado para ver a su marido, cuya memoria comenzaba a desvanecerse. Y también con un hombre que había vuelto al pasado la primavera anterior para ver a su amigo íntimo, fallecido hacía veintidós años, y con otro que había regresado el otoño anterior para ver a su madre, fallecida en el hospital. Luego, en invierno, un hombre que sabía que se estaba muriendo llegó del pasado para traerle la felicidad a la amante que había dejado atrás.

—Me parecieron especialmente conmovedoras las palabras de este último. —Kiyoshi sacó su pequeña libreta negra y leyó en voz alta—: «Si intentas encontrar la felicidad después de esto, entonces esa criatura habrá dedicado esos setenta días a hacerte feliz. En ese caso, su vida tiene sentido. Tú eres quien puede conferirle significado al hecho de que a ese bebé se le concediera la vida. Por lo tanto, no cabe duda de que debes intentar ser feliz. La persona que más lo desearía es esa criatura».

»En otras palabras, la forma en que vivo mi vida hace feliz a mi esposa.

Kiyoshi había leído esas palabras una y otra vez, tantas veces que esa era la única página de su libreta que estaba arrugada y manchada.

Esas palabras también parecieron llegarle al corazón a Kazu: un nuevo torrente de lágrimas comenzó a brotarle de los ojos.

Él se guardó la libreta en el bolsillo de la chaqueta y se caló la gorra de caza para que se le ajustara aún más a la cabeza.

—Creo que es absolutamente imposible que tu madre no volviera para que tú fueras desgraciada. Así que ten a tu bebé... y... —Respiró hondo y se volvió hacia Kazu, que miraba a Kaname—. Tienes derecho a ser feliz —añadió.

Sin decir nada, ella cerró los ojos con lentitud.

—Bueno, gracias por el café.

Kiyoshi dejó el dinero en la barra y se encaminó hacia la salida. Nagare le respondió con una ligera reverencia.

—Ah... —dijo aquel y se dio la vuelta de golpe.

—¿Se le ha olvidado algo? —preguntó el dueño.

—No... —respondió y miró a Kazu—. El collar que me ayudaste a elegir... a mi esposa le ha encantado —dijo y, con una reverencia, salió de la cafetería.

¡Tolón, tolón!

Una vez más, el silencio invadió la sala.

Miki, sin duda aliviada por haber concluido su labor, empezó a dar cabezadas agarrada de la mano de Nagare.

—Ah, claro.

Él se dio cuenta de por qué su hija se había quedado tan callada de repente. La cogió en brazos diciendo: «Aúpa».

El pétalo de flor de cerezo, liberado de los dedos de Miki, cayó revoloteando hasta el suelo.

—Primavera, ¿eh? —murmuró él.

—Hermano mayor...

—¿Hum?

—Yo... Supongo que tengo derecho a ser feliz, ¿no?

—Sí, por supuesto. Ahora Miki puede cogerte el relevo... —Nagare reajustó la posición de la niña entre sus brazos—. No hay ningún problema... —dijo camino del cuarto trasero.

—Hum...

Un largo invierno estaba a punto de terminar.

El interior había permanecido intacto desde aquel día.

—Mamá...

Colgado del techo, el ventilador de madera giraba despacio.

—Voy a...

Los tres grandes relojes de pared mostraban cada uno una hora distinta. Las lámparas con pantalla teñían el interior de un tono sepia.

Kazu respiró hondo en esta cafetería en la que el tiempo parecía haberse detenido y se posó una mano en el vientre.

—Voy a ser feliz —anunció.

Cuando dijo esto, Kaname, sin dejar de mirar su novela, sonrió con calidez. Era la misma sonrisa que le dedicaba a su hija cuando estaba viva.

—¿Mamá? —dijo Kazu, y, en ese momento, el cuerpo de la madre, como el vapor que se elevaba del café recién servido, ascendió.

El vaho quedó suspendido en el aire un instante y luego se desvaneció en el techo, sin más.

Kazu cerró los ojos despacio.

Kaname había desaparecido y un señor de cierta edad ocupaba la silla. Cogió la novela que había quedado sobre la mesa y la abrió por la primera página.

—¿Me pones un café, por favor? —le dijo a la camarera.

Durante un momento, la joven permaneció inmóvil, mirando al techo en silencio. Luego, por fin, bajó lentamente la mirada hacia el caballero.

—Por supuesto, voy a prepararlo —dijo y echó a andar con brío hacia la cocina.

Las estaciones siguen un ciclo.
También la vida atraviesa inviernos difíciles.
Pero, tras todo invierno, llega la primavera.
Aquí, acababa de llegar.
La primavera de Kazu estaba empezando.

Este libro se termino de imprimir
en España en enero de 2023

«Para viajar lejos no hay mejor nave que un libro».

EMILY DICKINSON

Gracias por tu lectura de este libro.

En **penguinlibros.club** encontrarás las mejores recomendaciones de lectura.

Únete a nuestra comunidad y viaja con nosotros.

penguinlibros.club

 penguinlibros